Bianca™

# EL FINAL DE LA INOCENCIA

Sara Craven

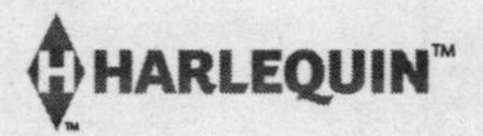

Editado por Harlequin Ibérica.
Una división de HarperCollins Ibérica, S.A.
Núñez de Balboa, 56
28001 Madrid


El final de la inocencia, n.º 2695 - 17.4.19
Título original: The End of her Innocence
Publicada originalmente por Harlequin Enterprises, Ltd.
Este título fue publicado originalmente en español en 2012



I.S.B.N.: 978-84-1307-728-4
Depósito legal: M-5550-2019
Impresión en CPI (Barcelona)
Fecha impresion para Argentina: 14.10.19
Distribuidor exclusivo para España: LOGISTA
Distribuidor para México: Distibuidora Intermex, S.A. de C.V.
Distribuidores para Argentina: Interior, DGP, S.A. Alvarado 2118.
Cap. Fed./Buenos Aires y Gran Buenos Aires, VACCARO HNOS.

Este libro ha sido impreso con papel procedente de fuentes certificadas según el estándar FSC, para asegurar una gestión responsable de los bosques.

# Capítulo 1

PERO cuento contigo, Chloe –protestó la señora Armstrong, perpleja–. Creí que lo sabías. Además, piénsalo bien: todo un verano en el sur de Francia. Nosotros estaremos fuera mucho tiempo, por lo que tendrás la villa para ti sola. ¿No te resulta tentador?

–Por supuesto –reconoció Chloe Benson–. Pero como le dije al presentar mi dimisión, señora, tengo otros planes.

«Y continuar en el servicio doméstico, por muy lucrativo que pueda resultar, no forma parte de ellos», pensó. «Buen intento, querida Dilys, pero no, gracias».

–Estoy muy decepcionada –le advirtió la mujer con irritación–. No sé qué dirá mi marido.

«Dirá "Mala suerte, lo mismo de siempre", y volverá a sumirse en su *Financial Times*, como suele hacer», pensó Chloe, conteniendo una sonrisa.

–Si se trata de una cuestión de dinero, de que tienes una oferta mejor, estoy segura de que podríamos llegar a un acuerdo.

«Nada de eso. Es el amor y no el dinero lo que me impulsa a irme de aquí», quiso aclararle.

Se recreó un momento pensando en Ian: en su figura alta y corpulenta, su cabello rizado y sus ojos azules y sonrientes; imaginando el momento en que se dejaría caer en sus brazos y le diría: «He vuelto a casa, cariño, y esta vez para siempre. Decide un día para la boda y allí estaré».

Sacudió la cabeza.

–No se trata de eso, señora. Simplemente, he decidido encaminar mi carrera en una nueva dirección.

–Qué desperdicio, cuando eres tan buena en lo tuyo.

¿Qué talento se requería para decir: «Sí, señora. Muy bien, señora»?, se preguntó Chloe, irritada. O para coordinar una casa con todas las comodidades imaginables y algunas más. O para asegurarse de que el resto del personal desempeñaba su trabajo con eficacia.

Independientemente de lo que ocurriera en la City, el multimillonario Hugo Armstrong quería una existencia sin problemas en Colestone Manor, su casa de campo. Le aburrían las cuestiones domésticas cotidianas, deseaba que cualquier problema se resolviera rápida y discretamente, que se pagaran las facturas y sus invitados se sintieran atendidos como en un hotel de lujo. Quería la perfección con el mínimo esfuerzo por su parte. Y, mientras Chloe había sido el ama de llaves, se había asegurado de proporcionársela.

Sabía que era joven para el puesto, y había tenido que demostrar muchas cosas. Afortunadamente, sus referencias la describían como inteligente, enérgica, buena gestora y con capacidad de trabajo.

Las responsabilidades del puesto eran múltiples y las jornadas de trabajo largas, pero su apabullante salario compensaba de sobra los inconvenientes.

Eso sí, no se esperaba que ella tuviera vida propia. Navidad y Pascua, por ejemplo, eran momentos de máxima actividad en la mansión. Tampoco había podido asistir al trigésimo aniversario de boda de tío Hal y tía

Libby porque los Armstrong habían decidido dar una fiesta en su casa el mismo fin de semana. Ese mes, su salario había recibido un extra considerable, pero eso no había compensado el haberse perdido una ocasión tan especial con sus seres queridos, la única familia que conocía. Todavía se sentía culpable al respecto.

Pero desde el principio había sabido que el trabajo exigía dedicación completa. Afortunadamente, ya quedaba poco para su anunciada dimisión: solo una semana más. Nadie era indispensable, se dijo mientras regresaba a su habitación. Su agencia enviaría una sustituta rápidamente que pronto se haría cargo de la gestión de la casa, así que no los dejaba en la estacada. Además, en su despacho había un ordenador actualizado regularmente con detalles de los proveedores que surtían a la mansión, las preferencias de la familia y un completo registro de las comidas servidas a los invitados en los últimos seis meses y las habitaciones que habían utilizado. Su sucesora disfrutaría de un relevo fácil y cómodo.

Eso sí, echaría de menos su apartamento, admitió cerrando la puerta tras ella y mirando alrededor. Aunque pequeño, tenía de todo y además lujoso, incluida una cama extragrande dominando el dormitorio. Se le haría raro volver a dormir en su modesta habitación, con tía Libby poniéndole la bolsa de agua caliente aunque no la necesitara y asomándose a darle las buenas noches.

No sería por mucho tiempo. Tal vez Ian querría que se fuera a vivir con él antes de la boda, pensó con placer. De ser así, accedería sin dudarlo. Ya era hora de que tanto cortejo fuera recompensado. De hecho, ¿cómo había logrado contenerse hasta entonces? Se sentía parte de una especie en extinción, virgen todavía a los veinticinco años. Aunque se había mantenido así por decisión propia: su piel suave, ojos almendrados y boca carnosa atraían la atención masculina desde que era adolescente.

Ella tenía dieciséis años cuando Ian había llegado a The Grange, la finca y clínica veterinaria de tío Hal, para hacer las prácticas de su carrera. Desde el primer momento, ella había sabido que estaban hechos el uno para el otro.

Nada más graduarse, él había regresado a trabajar allí, y ya era socio.

Pronto sería su marido, se dijo sonriendo para sí. Él había esperado a que terminara su carrera de Periodismo para proponerle matrimonio, pero ella lo había pospuesto porque quería disfrutar de su recién alcanzada libertad. Quería escribir en revistas pero, al no encontrar empleo, de manera temporal había ingresado en una agencia de servicio doméstico, dado que contaba con la experiencia de tía Libby. Trabajaba por la mañana temprano y se labró una reputación de ser rápida, eficaz y alguien en quien se podía confiar.

Cuando la habían apodado «Chloe la limpiadora», se había reído.

–Un trabajo honesto a cambio de un salario honesto –había contestado.

Algo en lo que siempre había creído.

A Ian no le había hecho gracia que se fuera a trabajar a Colestone Manor.

–Está muy lejos de aquí –había protestado–. Creí que ibas a buscarte algo por la zona y por fin íbamos a poder pasar tiempo juntos.

–Y eso haremos –le había asegurado ella–. Pero es una oportunidad de ganar mucho dinero.

–Mi sueldo no es precisamente bajo –había replicado él, tenso–. No vivirías en penuria.

–Lo sé –había contestado ella, y lo había besado–. Pero ¿tienes idea de lo que cuesta una boda, por pequeña que sea? Tío Hal y tía Libby han hecho mucho por mí toda mi vida. Este gasto puedo ahorrárselo. Además, el tiempo pasa volando. Ya lo verás.

Solo que no había sido así. A veces, Chloe dudaba de si habría aceptado el trabajo de saber que era tan absorbente; los Armstrong esperaban que ella estuviera disponible en todo momento.

Durante el último año, la comunicación con su familia y con Ian había sido casi siempre a través de notas rápidas y llamadas de teléfono. No la mejor manera, desde luego.

Pero todo aquello quedaba atrás; ya podía concentrarse en el futuro y convertirse en la sobrina y la prometida perfectas.

Gracias a sus ahorros, no tendría que ponerse a buscar trabajo inmediatamente. Podía tomarse el tiempo de encontrar lo que buscaba y quedarse un par de años hasta que decidieran empezar una familia. «Todo va a salir a la perfección», se dijo y suspiró feliz.

Estaba terminando de prepararse un café cuando llamaron a su puerta y Tanya, la niñera de los gemelos de los Armstrong, asomó la cabeza.

–Los rumores no hablan de otra cosa –anunció–. Dime que no son ciertos, que al final no te marchas.

–Sí que me voy –respondió Chloe con una sonrisa, sacando una segunda taza.

–Es una tragedia –se lamentó Tanya, derrumbándose sobre una silla–. ¿A quién acudiré cuando esos mocosos mimados me vuelvan loca?

–¿Qué has hecho con ellos, por cierto, atarlos a las sillas de la guardería?

–Dilys se los ha llevado a un *tea party* solo para madres –contestó Tanya sombría–. Le deseo suerte.

–Yo compadezco a la anfitriona –replicó Chloe, sirviendo el café.

–Compadéceme a mí. Seré la que tenga que aguantar a los niños en el sur de Francia mientras Dilys y Hugo se dan la gran vida de mansión en mansión y de yate en yate –dijo la joven–. Lo único que me animaba era saber que tú también estarías allí. Estaba segura de que ella iba a convencerte de que no te marcharas.

–Desde luego que lo ha intentado –le informó Chloe alegremente, ofreciéndole una de las tazas–. Pero sin éxito. Me voy a vivir mi vida.

–¿Tienes otro empleo en perspectiva?

–No exactamente –respondió Chloe–. Voy a casarme.

–¿Con el veterinario del que hablaste, el de tu pueblo? No sabía que estabas comprometida.

–Aún no es oficial. Cuando me lo pidió hace tiempo, yo no estaba preparada, pero ahora lo de asentarme me parece una gran opción –afirmó, sonriendo.

–¿Y no te aburrirás de la vida en el pueblo después de todo este lujo y glamour?

Chloe negó con la cabeza.

–Nunca me lo he creído demasiado, igual que tú. Conozco mis prioridades, y este empleo solo ha sido un medio para alcanzar un fin. Aparte de cortarme el pelo cada mes y de salir al cine contigo las pocas veces que teníamos día libre, apenas he gastado nada. Así que tengo una buena cantidad de dinero en el banco –comentó, y sonrió ampliamente–. Suficiente para pagar una boda y para ayudar a Ian a reformar su casa, que lo necesita. Juntos, podemos hacer maravillas.

Tanya enarcó las cejas.

–¿Comparte él ese punto de vista?

Chloe suspiró.

–Ian cree que lo único que necesita una cocina son los fuegos, el fregadero y una nevera de segunda mano. También, que una bañera oxidada es una valiosa antigüedad. Pretendo educarlo.

–Buena suerte –le deseó su amiga con ironía, elevando su taza–. Tal vez haya renovado la cocina en honor a tu regreso, ¿no lo has pensado?

–Todavía no sabe que vuelvo. Quiero sorprenderlo.

–¡En Navidad! Debes de estar muy segura de él...

–De él y de mí –le aseguró Chloe, y suspiró–. Estoy deseando regresar a Willowford. Lo he echado mucho dc mcnos.

–Debe de ser un lugar fabuloso para que lo cambies por la Riviera. ¿Qué tiene de tan especial?

–No es un pueblo particularmente bonito. Aunque el ayuntamiento se considera bastante espléndido, es de estilo jacobino.

–¿Y tiene al típico galán que se atusa el bigote antes de perseguir a las doncellas del pueblo?

Chloe sonrió.

–No creo que ese sea el estilo de sir Gregory –contestó tras una pausa–. Incluso aunque su artritis se lo permitiera.

–¿Está casado? ¿Tiene hijos?

–Es viudo y con dos hijos.

–El heredero y el segundón. Qué convencional.

–En realidad, no, porque ya no cuentan con el segundón. Hace algunos años hubo un gran escándalo y se convirtió en persona non grata.

–Eso me gusta más. ¿Qué sucedió?

Chloe desvió la mirada.

–Tuvo una aventura con la esposa de su hermano –respondió por fin–. Rompió el matrimonio. Fue todo muy sórdido. Tanto, que su padre lo expulsó.

–¿Y qué ocurrió con la mujer?

–También se marchó.

–Entonces, ¿están juntos? ¿Ella y... cómo se llama él?

–Darius –respondió Chloe–. Dudo de que alguien sepa dónde está o qué fue de él. O que le importe a alguien.

Tanya contuvo el aliento.

–El lugar es una clara mezcla de pasión y deseo ilícito. Ya entiendo por qué quieres volver allí. Además, el heredero necesitará otra esposa –dijo, guiñándole un ojo–. Tal vez podrías lograr algo mejor que un veterinario rural.

–Ni hablar –aseguró Chloe, apurando su taza–. ¿Sabes?, algunas personas consideraban a Andrew Maynard un estirado y no culparon a Penny, enormemente hermosa, por buscarse otra cosa. Pero Darius ya tenía mala fama, así que nadie se imaginó que él resultaría el elegido.

–¿Qué tipo de mala fama? –inquirió la joven, con ojos brillantes.

–Ser expulsado del colegio. Beber, apostar, mezclarse con lo peor del pueblo. Asistir a fiestas de las cuales la gente solo habla en susurros... –enumeró Chloe, y se encogió de hombros–. Además de rumores de que estaba metido en cosas aún peores, como peleas ilegales de perros. Nadie lamentó que se marchara, créeme.

–Todo eso le vuelve mucho más interesante que su hermano –afirmó Tanya.

Terminó su café y se puso en pie.

–Será mejor que me ponga en marcha. Quiero aprovechar que los pequeños monstruos están fuera para fumigar los armarios de los juguetes.

¿Por qué le había contado a Tanya todo aquello acerca de los Maynard?, se preguntó Chloe, una vez a solas. Habían transcurrido siete años desde entonces, debería haberlo olvidado.

De pronto, acudió a su mente un rostro masculino bronceado y arrogante, de pómulos marcados y boca grande y sensual. Bajo el cabello rubio asomaban unos atractivos ojos verdes que miraban al mundo con desdén, como desafiándolo a que le juzgara. Cosa que había sucedido, comenzando por su padre. Había sido condenado culpable, el adúltero que había traicionado a su hermano, y sentenciado al exilio. Aunque eso no debía de haber resultado muy duro para él, que siempre había sido inquieto. Willowford era demasiado aburrido para él.

«Sin embargo, para mí es perfecto», se dijo Chloe. «Un pueblo pequeño y decente con buenas personas. Un lugar donde echar raíces y criar a la nueva generación. Me proveyó de un hogar amoroso cuando era pequeña, y me ha dado a Ian. Es seguridad».

Sir Gregory había contribuido a ello. Hombre alto e imponente, pero sólido como una roca. El pilar de su comunidad. Andrew Maynard también era así, un apasionado del aire libre y la escalada, de un guapo más convencional que su hermano, cortés y algo distante. Un eslabón más en la línea sucesoria.

–Menos mal que no hay niños que vayan a sufrir –había dicho tía Libby cuando se destapó el escándalo.

Pero Darius siempre había sido diferente: el bromista de la pandilla, el recuerdo de tiempos locos con su sonrisa burlona y su voz ronca.

–Cielo santo, la pequeña Chloe ha crecido por fin. ¿Quién lo habría dicho?

De pronto, se dio cuenta de que estaba agarrándose tan fuerte al fregadero que le dolían los dedos, y se soltó con un grito ahogado.

Los recuerdos eran peligrosos. Sería mejor no remover las aguas por si luego no volvían a asentarse.

«Contrólate», se ordenó con impaciencia mientras regresaba al salón.

Aquello había sucedido mucho tiempo atrás, y debería quedarse en el pasado, a donde pertenecía. Si no olvidado, al menos ignorado, como si sir Gregory solo hubiera tenido un hijo. Como si ese hijo nunca se hubiera casado con la honorable Penelope Hatton y la hubiera llevado a The Hall para tentar y que ella a su vez fuera lamentablemente tentada.

«Ella me pareció lo más bonito que había visto nunca. A todos nos lo pareció. Creo que incluso la envidié. Pero ahora todo ha cambiado. Es a mí a quien le espera un futuro feliz con el hombre al que amo. Tal vez ella me envidiaría ahora», se dijo.

Cuando había salido de Colestone Manor llovía, pero ya había parado y un tímido sol comenzaba a hacer su aparición. «Buena señal», pensó Chloe feliz, encendiendo la radio y tarareando mientras conducía.

Para su sorpresa, había lamentado dejar la mansión. Después de todo, había sido el centro de su vida en el último año. Además, por egocéntricos e indolentes que resultaran, los Armstrong habían sido jefes generosos de la única forma que sabían, y además le gustaba el resto del personal. Les había agradecido con lágrimas en los ojos su regalo de despedida, un hermoso reloj para la repisa de la chimenea.

–Y en cuanto a ti –le había dicho a Tanya mientras la abrazaba–, voy a necesitar una dama de honor.

–Será un placer –había contestado la joven–. A menos que antes me detengan por estrangular a los gemelos.

Se detuvo a comer en un bar de carretera a falta de dos horas de alcanzar su destino. Mientras bebía una segunda taza de café, sacó su teléfono móvil del bolso.

La tarde anterior había llamado a tía Libby para anunciarle la hora de llegada prevista y, aunque su tía había estado tan cálida como siempre, ella había detectado algo detrás de sus palabras de bienvenida. Al preguntarle si todo iba bien, tía Libby había dudado.

–¿Has hablado con Ian? ¿Le has contado que regresas a casa, y que esta vez es para quedarte?

–Ya te lo he dicho, quiero sorprenderlo.

–Lo sé, cariño, pero no puedo evitar pensar que un cambio tan radical de vida, y que le concierne tanto a él, requiere de un aviso previo.

–No a menos que él esté enfermo del corazón y creas que el shock podría matarlo –bromeó Chloe–. ¿Es eso?

–Dios no lo quiera –se apresuró a responder su tía–. La última vez que le vi, parecía fuerte como un toro. Pero las fiestas sorpresa son horribles, siempre se divierten más los organizadores que los homenajeados. Es una opinión, cariño.

Tal vez tenía razón, decidió Chloe, y marcó el número de Ian. Saltó el contestador automáticamente, señal de que estaría trabajando. Dejó un mensaje y llamó a su casa, donde dejó otro mensaje.

«Ahora ya está avisado, tía Libby», pensó, y sonrió imaginando su sonrisa cuando la viera, su cálido abrazo, sus besos. Merecía la pena esperar. «Ahora que he regresado, no volveré a marcharme».

Le quedaban seis kilómetros para llegar cuando el aviso de falta de combustible se encendió. Quince minutos antes marcaba el depósito lleno. Chloe arrugó la nariz, preguntándose cuál sería la lectura correcta.

«Recordatorio: llevar el coche al taller de Tom Sawley a que lo mire. Sobre todo, antes de la próxima inspección técnica».

Afortunadamente, un poco más adelante vio una gasolinera.

Los tres surtidores estaban ocupados, así que se colocó en la fila más corta y se bajó del coche para estirarse un poco.

Entonces lo vio, aparcado junto a la pared, con una matrícula tan familiar como la suya propia.

«¡El todoterreno de Ian!», pensó feliz. Aún mejor: el capó estaba abierto, y él trabajando en el motor, con los vaqueros moldeando sus largas piernas.

Chloe creyó que advertiría su presencia y se daría la vuelta, pero estaba demasiado concentrado en su labor. Se acercó a él con una sonrisa traviesa, le acarició los glúteos y deslizó una mano entre sus muslos.

Él gritó y dio un respingo, golpeándose la cabeza contra el capó. Entonces, ella se echó hacia atrás ahogando un grito y deseó que se la tragara la tierra. Muda de horror, vio que el hombre se giraba, con su rubio cabello despeinado, y la fulminaba con sus ojos verdes.

–¿A qué demonios cree que juega? –preguntó Darius Maynard, furioso–. ¿O es que se ha vuelto loca?

# Capítulo 2

CHLOE dio otro paso atrás, abochornada. «Que todo esto no sea más que una pesadilla», deseó, desesperada.

–¿Qué hace con el jeep de Ian? –preguntó cuando recuperó el habla.

–Es mío desde hace dos meses. Cartwright me lo vendió para comprarse un modelo nuevo.

–¿Lleva aquí dos meses?

–Más de seis, de hecho –respondió él secamente–. Si es que eso le importa, señorita Benson.

Ella se sonrojó aún más, si eso era posible.

–No lo sabía.

¿No se suponía que él se había desvanecido para siempre? ¿Cómo había sanado una herida tan profunda? Sir Gregory no era de los que acogían al hijo pródigo. ¿Y cómo se sentiría Andrew, el esposo traicionado?

Y, por encima de todo, ¿por qué nadie se lo había mencionado?

–¿Cómo iba usted a saberlo? –dijo él, y se encogió de hombros con indiferencia–. No ha estado por aquí para enterarse de las primicias.

–Estaba trabajando.

–Igual que hace la mayoría de la gente –replicó él–. ¿O se cree especial?

«No voy a entrar en su juego», se dijo Chloe, tragándose la impetuosa respuesta que le surgió. «Tiene razón. Por más que me haya impactado, su regreso no es asunto mío. Debo recordarlo».

–En absoluto –respondió, y miró su reloj–. Tengo que irme. Le pido disculpas por lo que acaba de suceder. Ha sido un error.

–Eso espero –replicó él–. Después de todo, usted y yo no teníamos una relación tan íntima como para tocarnos el trasero, ¿cierto, señorita Benson? No sabía que sí tenía ese tipo de relación con Cartwright.

–Claramente, usted también tiene que ponerse al día –dijo ella, y se giró–. Adiós, señor Maynard.

Se subió al coche, encendió el motor y dirigió el coche hacia Willowford.

«Estoy temblando como una hoja, lo cual es una ridiculez», se reprendió. «Sí, he quedado como una tonta, pero si hubiera sido otro, me habría ayudado a quitarle importancia a la situación, no a empeorarla. De todas las personas a las que no quiero volver a ver, él encabeza la lista. Ojalá pudiera ignorarle, pero siendo tan pequeña esta comunidad, es imposible. Por otro lado, puede que su regreso sea algo temporal... Eso espero».

Afortunadamente, estaría demasiado ocupada planeando su boda y su vida con Ian como para preocuparse por lo que hacían sus vecinos.

Había recorrido poco más de un kilómetro, cuando el coche se detuvo irremediablemente. Maldiciendo en voz baja, Chloe lo arrimó al arcén. Solo había pensado en escapar de la gasolinera, y aquel era el resultado. Algo más de lo que culpar a Darius Maynard, pensó furiosa.

Podía llamar a tío Hal o a Ian para que fueran a rescatarla, pero ese no era el regreso triunfal que había planeado. Aparte de que ya había quedado como una idiota para todo el día.

«Será mejor que camine hasta la gasolinera», se dijo. Iba a salir, cuando el jeep la sobrepasó y se detuvo unos metros más adelante.

Quiso gritar al ver a Darius Maynard bajarse del coche y acercarse a ella. ¡No! Aquello no podía estar sucediendo.

–¿Algún problema?

–Ninguno –aseguró–. Solo estaba ordenando mis pensamientos.

–Es una pena que no repostara en la gasolinera –comentó él, cáustico–. Imagino que para eso se había detenido allí, y no para renovar nuestra relación de una manera tan particular.

–Piense lo que quiera –contestó Chloe, odiándolo–. Puedo arreglármelas.

–Seguro que sacando petróleo del campo vecino. Sin embargo, yo nunca dejo a una dama en apuros.

–Sobre todo, cuando usted es la causa –replicó ella, venenosamente.

Darius frunció el ceño.

–¿Porque una vez maté un perro, me llama mataperros, señorita Benson? No me parece un comportamiento apropiado para alguien que quiere ennoviarse con un veterinario.

–Resulta que Ian Cartwright y yo estamos comprometidos –le espetó ella.

–¿Y él lo sabe?

–¿Qué quiere decir con eso? –inquirió, furiosa–. Estamos comprometidos y nos casaremos a finales de verano.

–Si usted lo dice... –dijo él suavemente–. Pero espero que no esté confundiendo un enamoramiento juvenil con el amor auténtico, señorita Benson. Ya no es una crédula adolescente.

–¿Cómo se atreve? –dijo ella, indignada–. Márchese de aquí, déjeme en paz.

–No sin tender mi mano a una vecina –insistió él–. Tengo una garrafa para combustible en el coche, y un paseo a la gasolinera bajo el sol le sentará bien a su mal humor. ¿La quiere, o prefiere esperar la ayuda de otro?

Chloe hubiera preferido estamparle la garrafa en la cabeza, pero se contuvo y asintió.

–Gracias.

–Eso ha debido de dolerle –se burló él, y dándose media vuelta, se encaminó hacia el jeep.

«No ha cambiado», pensó ella, perpleja, mientras lo observaba. Parecía como si los últimos siete años no le hubieran afectado. ¿Cómo era posible? «Seguro que por su falta de conciencia. No lamenta las vidas que arruinó».

Darius volvió con la garrafa y se fijó en el coche, lleno de equipaje.

–Realmente viene a quedarse, ¿eh?

–Sí –dijo ella, intentando disimular que le temblaban las manos–. Tengo motivos para ello.

–No como yo –aseveró él, fulminándola con la mirada–. ¿Es ese el mensaje subyacente que trata de transmitirme?

–Como ha dicho, no es asunto mío –dijo ella, alargando la mano hacia la garrafa–. Se la devolveré sin falta.

–Seguro que por mensajero –replicó él, y se encogió de hombros–. Olvídelo, tengo más. Y ahora, me temo que debo marcharme.

Se dirigió al jeep, y se giró a medio camino.

–Le deseo un agradable reencuentro con su familia y amigos, señorita Benson –dijo con suavidad–. Pero, en cuanto a la paz que ha mencionado, yo no contaría con ella, puesto que usted no es del tipo pacífico. No en el fondo. Solo que aún no se ha dado cuenta.

Se subió al jeep y se marchó. Chloe lo observó alejarse con el corazón acelerado.

–Has perdido peso –comentó tía Libby.

–No creas –replicó Chloe, abrazándola de nuevo–. Peso lo mismo que hace un año, lo juro.

Contempló la enorme y acogedora cocina y suspiró.

–Es maravilloso estar en casa.

–Nadie te obligó a marcharte –le recordó la mujer, vertiendo agua hirviendo en la tetera.

Chloe se encogió de hombros.

–Me hicieron una oferta que no pude rechazar, ya lo sabes. Además, ha sido muy educativo ver cómo viven los ricos.

–El pueblo te resultará aburrido después de tanto lujo.

–Al contrario, sé adónde pertenezco –le aseguró Chloe–. ¿Ha llamado Ian? Seguí tu consejo y lo telefoneé para avisarle de que venía.

–Creo que hoy estaba en Farsleigh, y allí no hay buena cobertura –respondió su tía, tendiéndole un plato con bizcocho de pasas.

–Está divino –alabó Chloe tras probarlo, sonriendo para ocultar su decepción respecto a Ian–. ¿Qué tal está todo el mundo por aquí? ¿Ha habido muchos cambios?

–No demasiados –contestó tía Libby, sirviendo el té–. He oído que sir Gregory está recuperándose por fin. Menuda tragedia. Yo no soy supersticiosa, pero parece que hubieran echado una maldición a los Maynard.

Chloe se la quedó mirando atónita, y olvidó el sarcasmo que iba a decir respecto a su encuentro con Darius.

–¿A qué te refieres?

La señora Jackson la miró sorprendida.

–Pensaba en Andrew, por supuesto, y en el horrible accidente que acabó con su vida.

Chloe dejó la taza bruscamente en su plato.

–¿Andrew Maynard está muerto?

–Sí. ¿No lo leíste los periódicos? Además, te lo conté en una de mis cartas.

En cuanto confirmaba que todo el mundo en The Grange estaba bien, no seguía leyendo las cartas, hecho que lamentó en aquel momento.

–Debí de perder esa página. ¿Qué le ocurrió?

–Se hallaba escalando en Cairgnorms, solo como de costumbre. Al parecer, se desprendió una roca y lo arrastró –explicó su tía, y se estremeció–. Algo horrible.

–¿Y a sir Gregory?

–Al conocer la noticia, le dio un infarto.

Chloe dio un sorbo de té y se obligó a hablar con calma.

–Me ha parecido ver a Darius Maynard cuando he parado a repostar. ¿Por eso ha vuelto, ahora es el heredero?

–Creo que ha sido la preocupación por su padre, y no su herencia, lo que le ha hecho regresar –respondió tía Libby con cierto reproche.

Chloe se sonrojó.

–Por supuesto. Perdón. Es que nunca me ha gustado.

–Algo que tu tío y yo agradecemos profundamente –aseguró la mujer, y suspiró–. Pero hay que reconocer que ha provisto a su padre de los mejores cuidados: ha contratado a una encantadora joven como enfermera, y el hombre ha renacido. Y el señor Crosby, gerente de sir Gregory, asegura que Darius ha asumido la gestión de la propiedad estos días, así que tal vez se haya reformado durante su ausencia.

«Y tal vez las vacas vuelan», pensó Chloe.

–¿Todavía está con Penny... con la señora Maynard?

–Nadie osa preguntarlo. Ella no se aloja en la mansión, desde luego. Y no asistió al entierro de Andrew ni a su funeral –contestó su tía, rellenándole la taza–. La señora Thursgood, de la oficina de Correos, preguntó directamente a Darius si se había casado, y él rio y exclamó: «¡Por Dios, no!». Así que seguimos sin saber nada.

–Eso no es ninguna sorpresa, él nunca ha sido de los que se casan –apuntó Chloe.

–Tampoco había sido nunca el próximo baronet –señaló tía Libby–. Tal vez eso cambia las cosas.

–Puede ser –dijo Chloe, y se encogió de hombros–. Tal vez esté pensando en la encantadora enfermera que ha contratado para su padre.

–¿Lindsay? No creo que sea lo que él busca –dijo su tía, tendiéndole un plato con un trozo de pastel Victoria.

–¿Y quién lo sería? –dijo Chloe, tomando el plato–. Como siga comiendo así, el día de la boda voy a estar hecha una foca.

–Tonterías. No te vendrían mal algunos kilos más. Los hombres de verdad no quieren abrazar esqueletos.

Sin duda, era una frase de tío Hal, pensó Chloe sonriendo para sí. Sus tíos eran un encanto, prueba de que el matrimonio podía funcionar. Aunque no habían logrado tener hijos, habían ocultado bien su tristeza y le habían abierto su hogar y sus corazones cuando su madre, hermana pequeña de tía Libby, había fallecido de una trombosis dos días después de dar a luz.

Su padre, un ingeniero de la industria petrolífera, regresaba de Arabia Saudí para ver a su esposa e hija, cuando la tragedia había sucedido. Deshecho por la pérdida, y con dos años de contrato aún por cumplir, no podía llevarse a su hija consigo. Su cuñada se había ofrecido cuidar de ella y él había aceptado la oferta agradecido.

Después del primer contrato, llegó otro, y Hal y Libby comprobaron que se había convertido en un orgulloso expatriado, y lo más que podía hacer por su hija era contribuir a su manutención.

Pasado el tiempo, se casó de nuevo, pero su nueva esposa se negó a tener una hijastra, así que Chloe permaneció en Willowford.

Una vez, había ido a Florida a ver a su padre y conocer a su madrastra, pero la visita no había sido ningún éxito, y no se había repetido. Él ya no era más que un nombre en una felicitación de Navidad. Claramente, prefería no recordar su cumpleaños y, aunque eso la entristecía, Chloe sabía que no podía culparlo.

Llegado el momento, tendría que decidir si sería él o tío Hal, que la quería como si fuera su propia hija, quien la llevara hasta el altar. Un asunto delicado.

Terminado el té, fregó los platos y comprobó si había algún mensaje de Ian, sin éxito. Suspiró.

–¿Te ayudo con la cena o subo las cosas a mi habitación? –preguntó a su tía.

–Sube a deshacer la maleta, cariño –respondió la mujer, y añadió en tono algo avergonzado–. Hemos reformado la parte de arriba. Espero que no te importe.

–Al contrario, estoy intrigada –aseguró ella alegremente.

Pero, cuando abrió la puerta de su dormitorio, se quedó atónita: no tenía nada que ver con el pequeño pero acogedor refugio que tanto amaba. No había ni rastro de la alfombra rosa, ni de las cortinas a juego, ni del florido papel de las paredes.

Todo era nuevo y reluciente, precioso, pero se había convertido en una habitación de invitados. «No queda ni rastro de mí», lamentó. Habían reformado hasta el cuarto de baño.

¿A qué se debía todo aquello?, se preguntó con una punzada de dolor. «Deja de lamentarte», se dijo con impaciencia. «Eres una mujer, no una niña gimoteando por su antigua habitación. Además, todo cambia: tú misma vas a mudarte en breve, así que se acabaron las quejas».

–Todo está deslumbrante. ¿Acaso ha venido uno de esos programas de televisión a reformaros la casa? –preguntó al regresar a la cocina tras haber deshecho la maleta.

–No, cariño –respondió su tía, e hizo una breve pausa–. Tu tío y yo hemos decidido hacer algunos recortes.

A Chloe se le borró la sonrisa del rostro.

–¿Intentas decirme que vais a vender The Grange? ¿Es por la crisis, el negocio no va bien?

–Todo lo contrario –se apresuró a aclarar su tía–. Solo que es un negocio muy sacrificado y tu tío ya tiene una edad. Le encanta esta vida, pero está planteándose seriamente la jubilación. Tiene ganas de dedicarse a cosas para las que nunca ha tenido tiempo, como pescar o volver a jugar al golf. Y así podremos retomar nuestras largas caminatas juntos. Un amigo de Ian está interesado en convertirse en socio.

–Esto no es un sueño para el futuro, ¿verdad? –inquirió Chloe–. Es un plan real a corto plazo.

–Los cambios no van a ser inmediatos, y allá donde estemos, siempre tendrás un lugar, Chloe. Al mismo tiempo, sabemos que quieres hacer tu propia vida y estamos orgullosos de ti –dijo su tía con una sonrisa–. Nos han tasado la propiedad y parece que obtendremos una buena cantidad, podremos elegir adónde queremos ir. Va a ser toda una aventura.

«Y yo tengo la mía, así que no debería envidiarlos», pensó Chloe.

–Hemos empezado a deshacernos de cosas –continuó tía Libby–. Pero tranquila, las tuyas están guardadas en cajas en el desván, para cuando las quieras.

En la casa de Ian habría sitio para ellas. Se desharía de los juguetes, excepto del osito de peluche que su padre había comprado en Arabia Saudí, y los libros, que guardaría para sus hijos.

Por una vez, no se emocionó al pensar en su futuro. Aquel regreso a casa estaba siendo tan diferente a lo esperado...

«Me sentiré mejor cuando hable con Ian», se dijo. Justo entonces sonó el teléfono.

–¿Qué ha sucedido con el trabajo de tu vida? –preguntó Ian, tras darle la bienvenida–. ¿Te han despedido?

–Por supuesto que no –respondió Chloe, sorprendida–. Al contrario, querían que me fuera con ellos al sur de Francia todo el verano.

–¿Y has rechazado esa oferta por Willowford? Impresionante.

«No, la he rechazado por ti», quiso decirle Chloe.

–Tenía ganas de volver a mi hogar, a la vida real –respondió–. ¿A qué hora quedamos?

Él suspiró.

–Esta noche no puedo, tengo una reunión de comité del club de ponis. Ojalá me hubieras avisado con antelación de tu regreso.

–Ojalá –dijo ella, a punto de echarse a llorar–. Quería sorprenderte.

–Pues lo has conseguido –aseguró él–. ¿Qué te parece si reservo mesa en Willowford Arms para mañana por la noche? Así nos pondremos al día mientras cenamos.

«¿Y por qué no propones que nos tomemos una copa esta noche después de tu reunión? ¿O te acercas ahora aquí unos momentos?», pensó ella.

–Suena fantástico –contestó, intentando sonar alegre.

–Te recogeré a las ocho –se despidió él–. Y ahora te dejo. La perra de los Crawford está a punto de parir y están preocupados.

«Ser veterinario es un servicio veinticuatro horas al día», se dijo Chloe mientras colgaba. «Tía Libby acaba de recordártelo. Tú siempre lo has sabido, y es lo que has deseado. Así que ahora no te opongas. Además, no es el fin del mundo. Hoy se ha juntado todo, pero mañana será otro día. No lo olvides, y todo irá bien».

# Capítulo 3

CHLOE se recreó en el aroma a rosas de su baño caliente. En menos de dos horas estaría junto a Ian, y hasta entonces pensaba mimarse como nunca. Quería estar irresistible.

Retomar el ritmo en el pueblo no le estaba resultando tan fácil como esperaba, a pesar de la cálida acogida de sus tíos. La noche anterior, habían aceptado tranquilamente que Ian tenía asuntos que atender en otro lado, así que había cenado con ellos.

En el desayuno, viendo que su sobrina no tenía planes, tío Hal le había propuesto que paseara a Flare, la perra de Lizbeth Crane, ya que ella se había lesionado una muñeca y su marido se encontraba en Bruselas. Chloe había aceptado encantada. Pero antes había pasado por la oficina de Correos.

–Así que has regresado –le había saludado la señora Thursgood–. Creí que nos habías abandonado por algo mejor. Me atrevería a decir que has vuelto por ese joven veterinario. Todos creíamos que os ibais a casar hace un año o antes. No querrás dejarlo para mucho más adelante –añadió con cierto menosprecio–. Ya no eres una jovencita, y los hombres desaparecen tan pronto como entran en juego.

Chloe, consciente de que cada palabra la escuchaba

toda la cola a su espalda, pagó los sellos con ganas de morirse allí mismo, y salió corriendo.

Afortunadamente, la cálida bienvenida de la señora Crane, acompañada de café y galletas caseras, además del alegre recibimiento de Flare, compensaron el episodio anterior.

Pero ahí no acababa todo.

Tras un agradable paseo bajo el sol con la perra, había oído acercarse un caballo. Al ver quién lo montaba, se había puesto en tensión.

–Buenos días –había saludado Darius, haciendo detenerse al caballo–. ¿Disfrutando de un paseo matutino, señorita Benson? Creí que en un día tan soleado, preferiría hacer ejercicio de otra manera, por ejemplo en un pajar con su prometido.

Chloe se ruborizó.

–¿Siempre tiene que decir cosas tan desagradables? –preguntó fríamente.

–El ejercicio al que me refiero es tremendamente agradable –puntualizó él con una sonrisa–. Aunque tal vez para usted no lo sea. Qué pena, por no decir qué desperdicio.

La recorrió con mirada apreciativa de arriba a abajo.

Consciente de que su sonrojo iba en aumento, Chloe se concentró en enganchar la correa a Flare.

–¿Y qué hace usted paseando a la perra de Lizbeth Crane, si me permite preguntar?

–Solidaridad entre vecinos –respondió ella escueta–. Un concepto que tal vez le resulte extraño.

–En absoluto, como espero demostrarle en los próximos meses –aseguró él–. Si el amor verdadero ha obrado un milagro y usted realmente tiene ganas de hacer de buena samaritana, podría plantearse extender su radio de acción hasta la mansión de mi familia.

Chloe abrió la boca para negarse, pero él se lo impidió con un gesto.

–Escúcheme primero, por favor. No tengo ocasión de montar a Orion tanto como debería, principalmente porque el poco tiempo libre que tengo debo dedicárselo a Samson, el purasangre de mi hermano, que es muy enérgico y de mal carácter. Si no recuerdo mal, hace años, usted era buena jinete, por lo cual, si pudiera ejercitar a Orion alguna vez, le estaría inmensamente agradecido.

Chloe lo miró atónita. No le creía capaz de ser agradecido, ni de hacer cumplidos. Tampoco eso suponía ninguna diferencia. «Si no recuerdo mal...», había dicho él.

–Lo siento, es imposible –le contestó.

–¿Puedo preguntar por qué?

–Tengo una boda que organizar –respondió escueta–. Por si se le había olvidado. Estaré muy ocupada.

Él se llevó una mano a la cadera y la miró pensativo.

–No se me había olvidado. ¿Va a necesitar todas las horas de todos los días para ello? ¿A cuántos miles de personas va a invitar, por todos los santos?

–Eso no es asunto suyo –replicó ella–. Además, Arthur todavía debe de trabajar en The Hall, si no me equivoco. ¿Por qué no monta él a Orion?

–Desgraciadamente, la artritis se lo impide. Pero le rompería el corazón si lo jubilara y contratara a un mozo joven. Aparte de que, por razones obvias, cualquier mínimo cambio aflige a mi padre.

Chloe se mordisqueó el labio inferior.

–Por supuesto... Siento mucho lo ocurrido a Andrew. Qué perdida tan triste.

El rostro de él se endureció.

–No solo triste, sino además estúpida y totalmente innecesaria.

–¿No le parece un juicio demasiado duro? Ocurriera lo que ocurriera, era su hermano.

–Duro, tal vez, pero acertado –contestó él con frialdad–. De todas formas, ahora no es el momento de comentar los motivos de Andrew para arriesgar su vida hasta límites ridículos y peligrosos. Y mi propuesta acerca de Orion sigue en pie. Piénsela, en lugar rechazarla solo porque yo se la he hecho. Ni siquiera tiene que responderme a mí. Tan solo telefonee a The Hall cuando quiera, y Arthur se lo tendrá ensillado y preparado.

Sonrió levemente y añadió:

–Orion también se lo agradecería, no lo olvide.

Y tras decir eso, se marchó a caballo. Chloe lo vio alejarse con sentimientos encontrados. Seguía siendo imposible cumplir lo que él le pedía, pero Orion era una belleza, e imaginarse galopando sobre él junto al río, una tentación.

Una tentación a la cual debía resistirse.

Eso mismo se había repetido innumerables veces a lo largo del día, y volvió a hacerlo conforme salía de la bañera, se secaba y se aplicaba la crema corporal. Se lo repitió mientras se ponía sus mejores bragas de encaje y se perfumaba los brazos y los senos; mientras se maquillaba y peinaba; y también, cuando finalmente se puso el vestido color crema con escote de vértigo que dejaba adivinar la ausencia de sujetador.

El mensaje para Ian era claro: estaba lista para que la hiciera suya.

«¿Será demasiado obvio?», se preguntó preocupada frente al espejo. Era absurdo ponerse nerviosa con algo tan natural y tan esperado, pensó mientras se calzaba unas sandalias a juego con sus pendientes. Pero estaba histérica.

Encontró a Ian charlando con tía Libby y tío Hal en el salón.

–Buenas noches –lo saludó.

Al girarse hacia ella, Ian se quedó boquiabierto.

–Estás fabulosa, Clo. Pareces una modelo de portada.

–Tú también estás muy bien.

Y no se refería solo a lo guapo que era, pensó mientras se acercaba a él sonriente. Con su chaqueta de tweed, pantalones oscuros, camisa blanca y corbata de seda granate, él también se había puesto sus mejores galas para aquella noche crucial en sus vidas.

«Va a ser maravilloso», pensó ella.

Le ofreció su boca, pero él se ruborizó y la besó en la mejilla.

–Que os divirtáis –deseó tía Libby, al tiempo que abrazaba a Chloe–. No te esperaré levantada.

–No te preocupes, ya no soy una niña. Sé lo que me hago.

Willowford Arms, antes un bar de pueblo, había cambiado con los años y los diferentes dueños. Aún ofrecía un toque tradicional, pero el salón principal se había transformado en zona de cóctel previa al restaurante. Casi todo el personal era del pueblo, y se alegraron de ver a Chloe, aunque también se sorprendieron un poco.

Quedó patente que Ian acudía con regularidad.

–El solomillo de cerdo Afelia que tanto le gustó la semana pasada, es hoy una de las sugerencias del chef –anunció la camarera mientras los conducía a su mesa.

Allí, les esperaba una botella de champán bien fría junto con las cartas.

–Esto lo has planeado con antelación –bromeó Chloe mientras les servían el champán–. Qué idea tan maravillosa.

–Me pareció que hacía falta algo especial para celebrar el regreso a tu pueblo natal –señaló él, brindando–. Es fantástico volver a verte, Clo. Ha pasado mucho tiempo.

–Lo sé. Pero esta vez he regresado para quedarme, te lo prometo –dijo ella con una sonrisa, y suspiró–. No como mis tíos, que ya me he enterado de que quieren vender The Grange y mudarse. Ha sido un shock, debo decir.

–A mí también me sorprendió –confesó él–. Pero las cosas cambian, es ley de vida. Hal se ha dedicado en cuerpo y alma a la profesión, se merece disfrutar de su jubilación.

Chloe jugueteó con la idea de algún comentario tipo: «Eso significa que me quedaré sin hogar. ¿Alguna sugerencia?». Pero decidió que era demasiado pronto, y prefirió responder:

–Me alegro por ellos.

Además, quería que fuera él quien llevara las riendas, pensó mientras saboreaba el champán. Había repetido tantas veces la escena en su imaginación: él diciéndole lo maravilloso que era tenerla de nuevo a su lado, y pidiéndole que fuera así para siempre, mientras sacaba una cajita con un anillo... que se sentía como a destiempo.

–Creo que probaré el solomillo de cerdo que tanto te gustó –comentó mientras leía la carta–. Y de entrante, la terrine de verduras.

–Buena elección –alabó él–. Comí lo mismo cuando traje a Lloyd Hampton, nuestro futuro socio en la clínica. Quería convencerle de que no iba a apartarse completamente de la vida civilizada.

–Y funcionó.

–Eso espero. Es un buen tipo, y su mujer un encanto.

«¿Así que está casado?», sería una indirecta demasiado directa, pensó Chloe, y prefirió decir:

–Estoy deseando conocerla.

–Lo harás. Lloyd está interesado en comprar The Grange. Viv y él tienen dos hijos y el tercero en camino, así que necesitan espacio.

–Suena ideal –dijo Chloe, obligándose a ignorar su decepción.

Una parte de ella se había imaginado un futuro diferente para su antiguo hogar, cuando Ian y ella necesitaran más espacio que la casita de campo de él, ojalá que por las mismas razones.

Ian bebió otra copa de champán y anunció que se pasaba al agua mineral.

–¿Vas a conducir? –preguntó ella compungida, tras pedirse una copa de vino tinto–. Qué pena, hace una noche estupenda y podríamos regresar dando un paseo.

«Y dado que tu casa se encuentra de camino a la mía...».

–¿Y ser la comidilla de todo el pueblo? –replicó él–. Nada de eso. Un coche al menos te da ilusión de privacidad.

–Hablando de coches, he sabido que vendiste tu jeep a Darius Maynard.

–Me enteré de que buscaba algo más práctico que el lujoso deportivo del que está tan orgulloso. Yo había decidido venderlo para comprarme otro mejor, así que fue una afortunada casualidad.

–Supongo que sí –dijo ella lentamente–. Aunque resulta un poco raro que esté de nuevo aquí como si nada hubiera sucedido.

Ian se encogió de hombros.

–Debe de haber regresado con el consentimiento de su padre. Es su negocio familiar, Clo, no el nuestro.

–Lo sé. Espero que sir Gregory se recupere del infarto.

–Está haciéndolo a pasos agigantados, según tengo entendido.

–Me alegro. Siempre me ha caído bien, aunque imponía. De adolescente, yo solía ir a The Hall a leer para lady Maynard cuando estaba tan enferma.

–¿Y eso?

–Gané un concurso de poesía del colegio donde ella fue el jurado. Disfrutaba a su lado, era la persona más dulce que he conocido. Darius también pasaba mucho tiempo con ella, siempre me pareció que era su hijo preferido –relató, e hizo una pausa–. Siempre me alegré de que no viera cuánto había cambiado, ni lo que le hizo a Andrew. La traición es algo terrible.

–Sí que lo es –secundó Ian, desviando la mirada–. Pero no conocemos las circunstancias. Tal vez no pudieron evitarlo.

En aquel momento les sirvieron la cena y la conversación se centró, inevitablemente, en ella.

Chloe saboreó su delicioso guiso de cerdo y, de postre, eligió una opulenta mousse de chocolate negro. Ian prefirió queso y galletas.

–Deberías haber pedido otra tarta, y las habríamos compartido como solíamos hacer –le reprendió ella en broma.

–Es la falta de práctica, supongo –se disculpó él con una sonrisa tímida.

Por enésima vez esa noche, sacó el teléfono móvil del bolsillo y comprobó algo. «Qué hábito tan molesto», pensó Chloe, terminándose la mousse.

–¿No se encargaba tío Hal de atender tus llamadas esta noche?

–Sí –respondió Ian, guardándose el móvil–. Pero estoy pendiente de la perra de los Crawford. Es una preciosidad, ha ganado todos los concursos posibles, y puede que esta sea su única camada, así que todo ha de salir bien.

–Creí que había parido anoche –dijo Chloe, enarcando las cejas.

–Falsa alarma. El acontecimiento puede suceder en cualquier momento, y quieren que esté cerca por si hubiera una emergencia –explicó, y llamó a la camarera–. ¿Cómo quieres el café?

Chloe inspiró hondo y reunió un coraje que no había creído que necesitaría.

–¿Y si lo decidimos en tu casa? Ha sido una cena fabulosa, pero demasiado pública para una reunión en condiciones, ¿no te parece? –susurró, acariciándole la mano–. Creo que necesitamos pasar algo de tiempo los dos solos... para hablar.

–Claro que sí, yo también lo deseo –se apresuró a decir él–. Pero esta noche no, Clo –rio forzado–. Por un lado, mi casa está hecha un desorden. Por otro... apenas hemos estado en contacto durante un año. Casi no he tenido noticias tuyas, ni te he visto. Los dos estábamos muy ocupados, y demasiado lejos. Y el que hayas aparecido de pronto es lo último que esperaba. No es que no me alegre de verte, o que no te desee, créeme. Pero tal vez deberíamos ir con calma, conocernos de nuevo, antes de... bueno, de cualquier cosa.

Se produjo un incómodo silencio y a Chloe se le aceleró el corazón. La situación iba terriblemente mal. Aquello no podía estar sucediendo...

Retiró la mano e intentó esbozar una sonrisa para ocultar su conmoción interna.

–Tienes razón en no querer apresurar las cosas –se obligó a decir–. Estás siendo sabio por los dos. Ir despacio puede ser mucho más agradable, incluso excitante. Además, tú estás saturado de trabajo, y yo tengo que buscarme otro empleo. En cuanto al café, prefiero un descafeinado. Y, dado este nuevo comienzo, propongo que paguemos la cena a medias.

A pesar de la insistencia de él, Chloe se mantuvo firme en su decisión. «Tan solo quiero marcharme de aquí», se dijo mientras agarraba su bolso y su chal.

Pero todavía quedaba algo más: conforme atravesaba el bar, vio a Darius Maynard hablando de manera bastante íntima con una joven desconocida, delgada y muy atractiva, con un vestido rojo sin mangas y el cabello recogido en un elegante moño.

Supo que Darius también la había visto a ella cuando se levantó con una sonrisa.

–Qué sorpresa tan agradable. Lindsay y yo hemos

ido al cine y pensábamos tomarnos una copa. ¿Nos acompaña? –la invitó, mirando su escote apreciativamente.

–Es muy amable, pero no, gracias.

No tenía ningunas ganas de que intuyera el delicado momento por el que atravesaba su relación.

–Mañana tengo que madrugar –añadió.

–Pero la noche es joven –replicó él con suavidad–. ¿Y tú, Cartwright? Seguro que puedes convencer a tu chica.

–Todo lo contrario –contestó Ian gélidamente–. Una vez que Chloe decide algo, no cambia de opinión. Y yo también tengo un día ocupado mañana. Pero gracias.

–Ya veo que ciertas cosas no cambian –comentó Chloe a Ian camino del coche–. ¿Quién es su última conquista?

–Se llama Lindsay Watson. Es la enfermera residente de su padre.

Chloe silbó.

–Compartiendo el mismo techo, qué cómodo.

–Él no es irresistible, ¿sabes? –señaló Ian, encendiendo el motor.

Cuando llegaron a The Grange, Chloe se giró hacia él.

–No voy a invitarte a entrar, pero ¿este nuevo comienzo se merece un beso de buenas noches, o nos despedimos dándonos la mano? –preguntó en tono de broma.

–Por supuesto que quiero besarte –contestó él, con repentina rudeza–. Cualquier hombre querría. Incluso Maynard estaba devorándote con la mirada.

La tomó en sus brazos y la besó posesivamente,

cuando ella esperaba ternura. Era el momento que tanto había soñado, y sin embargo se sentía invadida.

De pronto, él le desnudó un pecho. Chloe rompió el beso y se sentó bruscamente, cruzándose de brazos a modo de protección.

–Ian, por favor, no –protestó con voz ronca.

–¿Qué ocurre? ¿No es lo que deseas, la razón por la que hemos quedado esta noche? –preguntó él, intentando tocarla de nuevo.

«Pero no así...».

–Tiene que ser algo que ambos queramos –afirmó, apartándose y recolocándose el vestido–. Y, para ser sincera, ya no te conozco.

«De pronto, eres un extraño y no me gusta. No sé cómo comportarme contigo».

Hubo un silencio, y él suspiró.

–Lo siento, Clo. Creerás que estoy loco. Supongo que he pasado demasiado tiempo sin ti. ¿Podemos olvidar esta noche y empezar de cero?

Parecía afectado, aunque tal vez solo era apariencia.

–Es una buena idea –respondió ella.

–Te llamaré mañana.

–De acuerdo. Buenas noches.

Se bajó y, conforme caminaba hacia la puerta, oyó alejarse el coche y se dio cuenta de que estaba temblando.

–Has vuelto temprano –la saludó tío Hal desde el salón–. ¿Lo has pasado bien?

–Claro –respondió ella alegremente–. ¿Qué música estás escuchando?

–Mozart, una selección de sus arias más famosas. Justo va a empezar *Dove sono i bei momenti*, el lamento de la condesa por su felicidad perdida en *Las bodas de Fígaro.*

La voz de la soprano y la melancolía de la música los hizo enmudecer:

–«¿Dónde están esos bellos momentos de dulzura y placer? ¿Adónde fueron los juramentos de aquellos labios mentirosos?».

El aria seguía en la mente de Chloe, desgarradora, cuando subió a su dormitorio. Tal vez no había sido lo más indicado de escuchar, dadas las circunstancias. Pero no estaba todo perdido, Ian y ella solo habían tenido un comienzo abrupto.

«Todo va a ir bien», se dijo girando sobre su costado y cerrando los ojos. «Lo sé».

# Capítulo 4

ANOCHE conocí a la encantadora enfermera de sir Gregory –anunció Chloe a su tía, viéndola sacar unos bollos del horno–. Estaba tomándose una copa en Willowford Arms.

–¿Y qué te pareció?

Chloe se encogió de hombros.

–Parecía concentrada en seducir al hijo y heredero de su paciente.

–¿Estaba con Darius? –preguntó la mujer mayor, enarcando las cejas.

–Ambos son solteros, ¿por qué no? Otra rubia, como Penny. Los hay que no cambian –dijo Chloe, haciendo ademán de comerse un bollo.

–Son para la asociación de mujeres, señorita –dijo su tía, dándole un leve manotazo–. Si tienes hambre, hay mucha fruta en el bol.

–¿Qué crees que pensará sir Gregory de lo de Darius y su enfermera?

–Probablemente lo agradecerá. Ya es hora de que ese joven se case y tenga una familia. Es su deber, y algo que The Hall necesita, así que sería lo mejor. Además, a su padre le haría bien tener nietos, serían un nuevo interés en su vida.

Intranquila al imaginarse a Darius casado, Chloe agarró una manzana y comió un bocado.

–Creo que luego voy a acercarme a East Ledwick –comentó con desenfado–, y a pasarme por la agencia que solía darme trabajo en vacaciones.

Su tía la miró boquiabierta.

–La otra noche dijiste que ibas a parar durante un tiempo, que querías concentrarte en otros asuntos.

Chloe se encogió de hombros.

–Esa era la idea, pero ya no sé si esos otros asuntos son tan interesantes. No estoy acostumbrada a estar sin hacer nada, y pasear a la perra de Lizbeth cada día, por más que sea agradable, no es suficiente.

–¿Tanta prisa tienes de encontrar algo? Podrías ayudarme con el proyecto de la casa. He decidido que la próxima reforma va a ser el comedor –comentó tía Libby–. Nunca me ha gustado el papel de las paredes, es demasiado oscuro.

–¿No sería mejor dejar que algunas cosas las decidan Lloyd y su mujer?

–¿A qué te refieres?

Chloe lanzó el corazón de la manzana a la basura.

–Ian comentó que seguramente ellos comprarán la finca.

–¿Eso dijo? –replicó su tía con desdén–. Todo depende de su oferta. Tu tío y yo queremos sacar el mayor partido a esta casa, no regalársela a Ian y sus amigos.

–Tía Libby, qué mordaz...

La mujer sonrió tímidamente.

–Tal vez tu regreso me ha hecho ver el gran cambio que va a suponer esta mudanza, y estoy teniendo mis dudas.

–No las tengas. Creo que será maravilloso para los dos y, para demostrártelo, estaré encantada de ayudarte con la decoración.

«Aunque no sea lo que yo haría», pensó, y ahogó un suspiro.

Aquella mañana, llevó a Flare por otra ruta porque no quería encontrarse con Darius y soportar sus comentarios sobre la noche anterior.

En el camino de regreso, pasó por el taller de Sawley para ver cuándo podía arreglarle el piloto indicador de falta de combustible.

Acababan de fijar una cita para el día siguiente por la tarde, cuando sonó la campanilla de la puerta. Chloe se giró y vio a Lindsay Watson, impecable con una falda azul marino y una blusa blanca. Flare se puso en pie para darle la bienvenida.

–Siéntate –le ordenó Chloe, y sonrió a Lindsay–. Hola. Anoche casi nos presentaron. Soy Chloe Benson.

La joven se ruborizó.

–Sí, eso dijo el señor Maynard. Yo soy la enfermera de sir Gregory, como imagino que sabrá.

A Chloe le pareció una curiosa manera de distanciarse. Claramente, no empleaba su famoso encanto con todo el mundo.

–Gracias, Tom –dijo, girándose hacia el mecánico–. Mañana te traeré el coche a eso de las dos.

Pasó junto a la joven y tuvo que sujetar fuertemente la correa de Flare para que no se abalanzase sobre ella con alegría.

–Perdona –se disculpó–. Espero que no te den miedo los perros.

–No he tenido mucho que ver ellos –contestó la joven, dando un paso atrás.

«Menudo desaire», pensó Chloe indignada. Sin duda, la chica estaba practicando para cuando fuera lady Maynard, pero se equivocaba en su actuación. «Es una pena que no conocieras a tu antecesora, porque era la mujer más agradable del mundo».

–Y tú no sabes juzgar el carácter –le reprendió a Flare, que seguía girándose y gimoteando hacia el taller.

Chloe sintió una extraña desilusión. Había disfrutado mucho junto a Tanya, y tener a alguien de su edad en Willowford, con quien poder ir de compras y salir por ahí, habría sido muy agradable. Pero evidentemente no era el caso.

«Tal vez Lindsay Watson solo estaba protegiendo su territorio», pensó, tras devolver a Flare a su dueña, y regresar a The Grange. «Pues te equivocas, bonita. He dejado muy claro que no voy a adentrarme en ese terreno ni en mi peor pesadilla. Si logras conseguir a Darius, enhorabuena. No le diré a tía Libby que su ídolo tiene pies de barro».

«Estas tartas caseras pertenecen a una categoría aparte», se dijo Chloe mientras rebañaba el plato.

Era día de mercado en East Ledwick, y tía Libby y ella habían pasado más de dos horas buscando cortinas para el redecorado comedor.

–Ya has hecho tu buena labor del día, cariño. Ve a recompensarte con un té y algunas calorías –le había dicho su tía al terminar–. Nos vemos en el monumento a los caídos a las cuatro.

Chloe había obedecido agradecida. Su tía era perfeccionista, así que había sido una semana dura, cambiando el papel de las paredes por estuco. El resultado era de profesionales, eso sí. Y las nuevas cortinas añadirían elegancia al conjunto.

Estar ocupada también le había sentado bien en otros aspectos: le había permitido reflexionar, entre otras cosas, acerca de su relación con Ian.

Tenía que superar su decepción por cómo habían empezado las cosas entre ellos. Gran parte de la culpa era suya, por haberse obsesionado con ganar mucho dinero en poco tiempo, aunque Ian le había dejado claro que no compartía ese punto de vista.

«Él tenía razón. Debería haberme concentrado en nosotros dos, ¿por qué no lo vi? Permití que el trabajo me absorbiera tanto, que Willowford me parecía un mundo lejano. Casi me olvidé de que aquí había personas que necesitaban mi atención y mi presencia. Debería haber peleado mucho más por mi tiempo libre, haberme concentrado en mantener el contacto con mi hogar en lugar de ahorrar las pagas extra de los Armstrong por cumplir sus inacabables exigencias. Cuando había un problema, lo resolvían con dinero, y yo se lo permití. Estúpida codiciosa».

Pero tenía la oportunidad de arreglarlo. Había quedado con Ian dos veces la semana anterior, en una atmósfera más amigable que íntima. Él no la había invitado a su casa, y tampoco quería presionarlo. «Lento pero seguro», se decía Chloe, «así se ganan las carreras».

Agarró su bolso y la cuenta y se dirigió a abonarla en la entrada. Justo entonces, vio entrar a Lindsay Watson. La joven examinó la sala inquieta, buscando a alguien, y al ver a Chloe se quedó petrificada.

«¿Cuál es el problema?», pensó Chloe, dejando propina y recogiendo el resto del cambio. Se obligó a sonreír educadamente.

–Buenas tardes, señorita Watson. ¿Busca a alguien?

–No –respondió la joven rápidamente–. Solo quería un té. No sabía que estaría tan lleno.

–Suele estarlo, especialmente en día de mercado. Pero mi mesa sigue libre, en la esquina.

–Gracias, pero mejor no. Tengo bastante prisa –se excusó la chica, con una sonrisa forzada–. Adiós.

Se marchó tan rápido que, cuando Chloe salió a la calle, no había rastro de ella.

«Espero que sea una enfermera especialmente buena, porque en otros aspectos resulta más bien rara», se dijo.

Era demasiado temprano para la cita con su tía, así que decidió acercarse a la agencia de empleo.

La gerente fue educada pero directa.

–En este momento no tenemos ninguna oferta en su campo, señorita Benson. Debido a la situación económica, la gente está reduciendo el gasto en servicio doméstico. Es una pena que haya renunciado a su anterior puesto sin comprobar antes cómo está la situación. Tal vez le sea más fácil encontrar un empleo estable en Londres.

«Justo lo que no quería oír», pensó Chloe al salir, desesperanzada.

–¿Buscando empleo de nuevo, señorita Benson? No puedo creerlo.

Una voz burlona demasiado familiar le hizo detenerse en seco. Inspiró hondo y se giró: Darius Maynard se acercaba con los vaqueros ajustados y camisa a juego que parecían ser su nuevo uniforme.

Chloe elevó la barbilla y lo miró a los ojos.

–No entiendo por qué. Algunos tenemos que buscarnos la vida, señor Maynard –replicó–. No todos disponemos cada mes de un sueldo por nuestra cara bonita.

Él enarcó las cejas.

–Creí que el matrimonio le proporcionaría eso.

–Se equivoca –le espetó ella–. Las cosas ya no son así.

–Discúlpeme si no la compadezco, querida. Porque, créame o no, yo también me gano mi sueldo, y llevo haciéndolo un tiempo considerable.

–Apostando, supongo –soltó ella con desdén–. Como en los viejos tiempos.

No quiso ni pensar en las peleas de perros.

–De varias maneras –replicó él, imperturbable–. He trabajado como vaquero en Australia, he ayudado a entrenar caballos de carreras en Kentucky, y últimamente gestiono un viñedo en la Dordogne. Todas, ocupaciones respetables incluso para sus altas exigencias. ¿Desea una copia de mi currículum?

Suspiró irritado.

–¿Por qué no dejamos de importunarnos de esta manera y recordamos que solíamos tutearnos, que hubo un tiempo en el que éramos casi amigos?

Chloe sintió de pronto que una extraña quietud se apoderaba de ella, como si la envolviera una red que la impidiera moverse, alejarse como deseaba.

Se quedó allí de pie, inmóvil, mirándolo... hasta que un el tubo de escape de un coche la devolvió a la realidad.

–¿Lo éramos? No lo recuerdo.

Él la observó unos instantes con los ojos entornados, y luego se encogió de hombros.

–Como desees –dijo–. Sé que no te has acercado por los establos como te sugerí. ¿Tanto te disgusto que incluso te niegas a ejercitar a mi caballo?

–He estado ocupada ayudando a mi tía. ¿Por qué no se lo pides a tu amiga con la que estabas anoche?

–Porque ella se ocupa de cuidar a mi padre –contestó él cansino.

–Pues esta tarde no. Hace un momento estaba buscándote en el salón de té.

–¿Ah, sí? –dijo él, frunciendo el ceño levemente–. De todas formas, no creo que ella monte a caballo. O no lo suficientemente bien para Orion.

–¿Y yo sí?

Él suspiró.

–Lo sabes bien, Chloe, déjate de juegos. Te ofrezco un trato: avísame con antelación de cuándo vas a venir, y me aseguraré de estar en el otro extremo del país, ¿qué te parece?

Vio su expresión tensa y frunció la boca.

–¿Lo pensarás al menos?

–Sí –contestó ella, con la vista clavada en el asfalto–. Lo pensaré.

¿Realmente iba a hacerlo?, se preguntó conforme acudía a la cita con su tía. Había pensado en muchos asuntos los últimos días mientras redecoraba el salón, pero Darius Maynard y la situación en The Hall no había sido uno de ellos, más bien todo lo contrario. No le concernían, ni a ella ni a la vida que había soñado para sí misma. No debería plantearse ni el menor tipo de relación con él.

Eso sería un grave error.

La caja con la etiqueta «Ropa» se hallaba encima de las demás en el desván. Accesible al instante, como si la estuviera esperando, pensó Chloe con ironía.

Había tenido la esperanza de que el lote lo hubieran entregado a caridad, pero sin suerte. Ahí estaban sus pantalones, botas y casco de montar, además de un par de jerséis viejos.

A pesar de que había pasado tiempo, los pantalones aún le servían. Otra excusa menos, se lamentó.

La camisa azul, sin embargo, sí que se le había quedado pequeña. Con cada mano agarró un extremo y tiró, arrancando los botones y rasgando la tela hasta dejarla inservible.

«Se acabó», pensó, y la tiró a la basura.

–Se ha tomado su tiempo –saludó Arthur–. Llevo esperándola toda semana.

Sacó a Orion del establo preparado para ser montado.

–El señorito Darius ha dicho que estaría en Warne Cross por la mañana viendo la nueva plantación –informó, y miró a Chloe de reojo–. ¿Estaba pensando en dirigirse hacia allá usted?

–No –contestó ella, subiéndose a la montura–. Había pensado dar unas vueltas por el parque y subir arriba de la colina.

–La llevará adonde usted quiera, ya lo sabe –dijo Arthur, acariciando afectuosamente el cuello del caballo–. El señorito Darius lo compró en Francia e hizo que se lo enviaran. Es un buen animal, con mucha energía y buen corazón. Todo lo contrario que aquel otro demonio –dijo, señalando otro box con la cabeza–. Dios sabe por qué lo compró el señorito Andrew. Podría haberse roto el cuello cualquier día, no necesitaba escalar montañas.

–Pero Andrew era buen jinete –señaló Chloe, tranquilizando a Orion, deseoso de salir.

–Un jinete correcto, nada que ver con su hermano. Se sometió a demasiados riesgos. Se lo dije, pero le dio igual –gruñó Arthur, y la miró–. Me alegro de volver a verla por aquí, Chloe. Siempre ha tenido buen asiento y mano firme. Usted y este pequeño se entenderán bien.

–O volverá a casa sin mí –bromeó ella, y dirigió al caballo hacia la salida.

Orion intentó tomarse algunas libertades al principio, pero pronto se dio cuenta de que su jinete no iba a permitírselo y decidió que ambos disfrutaran del paseo.

Cuando alcanzaron la cresta de la colina y Chloe le permitió galopar sin restricciones, habría gritado de júbilo, volando a lomos del animal.

Regresó a medio galope, caballo y jinete muy satisfechos. Había alargado el paseo más de lo planeado, y Arthur no estaba esperándolos. Tampoco importaba, pensó Chloe. En los viejos tiempos, ella desensillaba al caballo y recogía todo, volvería a hacerlo.

Conforme dejaba a Orion en su box y se aseguraba de que tuviera agua, oyó movimientos inquietos en el box de enfrente. Un par de ojos brillantes la miraban con suspicacia.

«Así que ese es Samson», pensó, con una oleada de interés y nerviosismo. Grande y de poderosa musculatura, hacía honor a su nombre.

–Hola, bello –le susurró–. ¿Qué pasa contigo?

–No mucho. Tan solo está tramando cómo lograr que te acerques para arrancarte un brazo –dijo Darius desde la puerta–. Te aconsejo que no le des la oportunidad.

Chloe se giró, sorprendida.

–Creí que estabas en Warne Cross.

–He ido, pero no podía quedarme allí todo el día, ni siquiera para hacerte el favor. Le he preguntado tantas estupideces a Crosby, que debe de pensar que me he vuelto loco.

Entró en el establo, bloqueando la salida.

–¿Arthur está comiendo?

–Supongo –dijo Chloe, y agarró la montura de Orion de su puerta–. Llevaré esto al guadarnés.

–Déjalo, ya lo haré yo después.

–No es ningún problema, de veras.

–O al menos es el tipo de problemas que puedes manejar –replicó él con cierta diversión–. No te preocupes, muñeca. Después de todo, eres intocable. Estás prometida a nuestro querido veterinario junior.

–¿Y eso supone alguna garantía? No lo fue con tu hermano –se le escapó.

–No, no lo fue –reconoció él, lentamente–. Tal vez no deberías haberme recordado ese hecho, especialmente no aquí, ni ahora.

Se produjo un extraño silencio. Chloe podía oír hasta la sangre corriendo por sus venas.

–Lo siento –dijo con voz ronca–. No tenía derecho a decir eso, ni venía al caso.

Darius se le acercó.

–¿Puedes llevarte la mano al corazón y jurarlo?

Ella tragó saliva.

–Ya me he disculpado. Eso debería ser suficiente.

–¿Suficiente? –replicó él–. Qué palabra tan mezquina, Chloe, considerando algunos de los recuerdos que compartimos tú y yo.

Ella elevó la barbilla. Creía que el corazón iba a salírsele del pecho.

–Solo recuerdo a una niña que una vez estuvo a punto de cometer el error de su vida, y se salvó de una existencia entera lamentándolo porque tú recordaste a tiempo que deseabas más a otra mujer. Fuiste un desastre que no llegó a suceder, Darius, así que no finjamos otra cosa –dijo, e inspiró hondo–. Y como te acerques más, gritaré hasta que Arthur y el resto del personal vengan corriendo.

Por un instante, él se quedó inmóvil, y luego se hizo ostensiblemente a un lado.

Conforme Chloe pasaba delante de él, con la mirada clavada al frente, le oyó decir:

–Un día, cariño, te darás cuenta de que eres tú la que finge. Y cuando lo hagas, te estaré esperando –aseguró él–. Hasta otra.

Chloe tuvo que contenerse para no correr hasta su coche. Aquellas palabras fueron una amenaza, no una promesa.

# Capítulo 5

NO COMETERÉ el mismo error –se prometió Chloe golpeando el volante con los puños.

Se encontraba en uno de sus lugares favoritos, adonde había llegado conduciendo casi en piloto automático. Pero al llegar y aparcar en el césped, de pronto el coche le resultó claustrofóbico. Abrió la puerta y salió apresuradamente, e inspiró hondo varias veces hasta calmarse. Luego, recorrió lentamente la senda hasta la poza y se sentó en la gran roca plana, apoyando la barbilla en las rodillas. Cuántas veces se había acercado allí en bicicleta para bañarse y luego secarse al sol en esa misma roca...

Tal vez no era el mejor lugar para evadirse, pensó. Allí solía ir a reflexionar, no a escapar de sus pensamientos. Además, el lugar contenía demasiados recuerdos, incluida la vez que se había visto tentada a vivir un sueño peligroso e imposible que no tenía cabida en el tipo de vida que había planeado para sí misma. Un sueño del cual, afortunadamente, había sido rápida y brutalmente despertada.

Los años posteriores solo habían reforzado eso y le habían enseñado a concentrarse en un futuro que le daría estabilidad y felicidad verdadera. Con las cosas que conocía desde pequeña y que eran las que realmente importaban en la vida. El pasado le había enseñado una importante lección.

Sin embargo, desde que había regresado tenía la inquietante sensación de que todo estaba cambiando y, de alguna extraña manera, sus planes se iban a pique.

«De haber sabido que Darius estaba aquí, no habría regresado», pensó, cerrando los ojos. «O al menos, no para quedarme. Creí que el pasado estaba muerto y enterrado. Si al menos hubiera leído enteras las cartas de tía Libby...».

Tal vez podía convencer a Ian para que comenzaran juntos una nueva vida en otro lugar. Aunque él querría saber por qué, ¿cómo explicárselo sin tener que admitir la parte embarazosa? De pronto, recordó de nuevo el desgarro de la condesa de *Las bodas de Fígaro*. Aunque en su caso no había habido ninguna promesa...

De hecho, no había sucedido nada con Darius, ni entonces, ni nunca, se dijo con cierta desesperación. Podría haber ocurrido con tanta facilidad, tan terriblemente... No podía permitirse olvidarlo ni un momento.

«Entonces, ¿por qué me he acercado a The Hall hoy? ¿Cómo he creído que él mantendría las distancias? ¿Acaso lo ocurrido hace siete años no me enseñó nada?».

Se pasó la mano por el cabello alborotado. Algo en el comportamiento de Darius sugería la causa de la hostilidad de Lindsay Watson. Evidentemente, la veía como una rival. Y ni siquiera podía decirle que se equivocaba, y que podía quedarse con el glamuroso señor Maynard.

Aparte de que nadie sabía si Penny había desaparecido definitivamente, o solo estaba esperando el momento adecuado para regresar. De pronto, Chloe se dio cuenta de que estaba tiritando a pesar del cálido día.

Bajó de la roca y volvió al coche. No quería estar sola, pensó mientras encendía el motor. Quería concentrarse en lo importante, y para eso necesitaba ver a Ian y hablar con calma, como solían hacer. Ya era hora de que concretaran algún plan, aunque no fuera lo que ella tenía pensado en un principio.

Recordó que él solía ir a comer a casa a mediodía, si no estaba muy ocupado. En lugar de esperar una invitación que parecía tardar en llegar, le haría una visita sorpresa.

No había señales del coche de Ian en el exterior de su casa, y las puertas y ventanas estaban cerradas. Chloe suspiró, abatida. Iba a volver al coche, cuando se le ocurrió que, ya que estaba allí, echaría un vistazo a su futuro hogar y comprobaría el caos en el que Ian le había dicho que vivía. Pronto iba a arreglarlo ella, sobre todo si Ian accedía a su idea de mudarse y, por tanto, de vender la finca.

Se acercó a la cocina, dudando de si podría ver algo o los cristales estarían demasiado sucios. Sorprendida, observó que estaban impecables. Además, en el interior había una hilera de especias, un fregadero nuevo, vajilla puesta a secar, unos fogones relucientes y una mesa con un bol de frutas en el centro. La habitación estaba ordenada y limpia. ¿Y las especias? Ella creía que los huevos revueltos eran lo más complejo que Ian sabía preparar.

El comedor estaba igual de bien equipado y limpio,

en la mesa incluso había flores frescas. Chloe frunció el ceño, desconcertada. ¿Por qué le había dicho que su casa estaba hecha un desastre? No tenía sentido. Tal vez, al saber que ella regresaba, había contratado a un equipo de limpieza, pero los toques hogareños eran sin duda obra suya. Menuda sorpresa. Salvo algunas cosas, todo estaba como ella lo habría dispuesto. Salvo que no había intervenido.

Allí estaba su futuro hogar, del cual se sentía excluida. Sabía que estaba dramatizando, pero no pudo evitar que ese inquietante pensamiento la acompañara todo el camino de regreso a The Grange.

Allí la esperaba otra desagradable sorpresa: una invitación formal para cenar en The Hall.

–Solía ser algo habitual cuando vivía lady Maynard –explicó tía Libby–. Pero luego se perdió la costumbre. Supongo que estas ocasiones necesitan una anfitriona, y la mujer de Andrew nunca mostró especial empeño en atender a la gente del pueblo. El Baile de Cumpleaños fue lo más que pudo ofrecer, y desde entonces no ha vuelto a celebrarse.

«Ahora The Hall vuelve a tener anfitriona», pensó Chloe, mordiéndose el labio inferior.

–¿Qué excusa podemos dar?

–No seas tonta, querida, esto equivale a una citación de la realeza –dijo su tía–. Según parece, sir Gregory ya está suficientemente recuperado para atender invitados, lo cual es una gran noticia, aunque no cenará con nosotros.

–Yo no puedo ir –insistió Chloe–. Ian y yo tenemos planes para el miércoles.

–Pues tendréis que cambiarlos. Ian también ha sido invitado y, dado que los Maynard son clientes suyos, no puede negarse. Ni nosotros. Es algo que debes aprender cuando haces negocios en una comunidad pequeña.

Sacudió la cabeza al ver la expresión de Chloe.

–Solo serán un par de horas de tu vida, y la señora Denver sigue siendo una cocinera extraordinaria. ¿Qué te ocurre?

No podía decírselo. Pero estaba siendo manipulada de nuevo, y no le gustaba, pensó con amargura.

–No me interesa lo mucho que haya cambiado Darius Maynard. Me imagino que la cena se debe a eso.

–Supongo que sí, ahora es el heredero. Si su padre acepta la situación, ¿quiénes somos nosotras para cuestionarla? Además, él era muy joven cuando todo sucedió. Todos cometemos errores de juventud que luego lamentamos.

«Tenía veinticinco años, igual que yo ahora», pensó Chloe.

–Supongo.

«Pero yo no pienso volver a lamentarme. No cometeré el mismo error».

Ian la llevó a East Ledwick aquella noche, a un pequeño bistro que había abierto hacía poco con gran éxito.

–Una de estas noches, tendrás que cocinar para mí –sugirió Chloe, leyendo el menú.

–Ten piedad, Clo. Ya conoces mis limitaciones –replicó él, y pidió una botella de Rioja.

–Ya no estoy segura de que tengas alguna, lo que me resulta muy intrigante –señaló ella–. Y bien, ¿cómo te parece que marcha nuestra renovada relación?

–¿A qué te refieres? –inquirió él, ruborizándose.

De nuevo, no era la respuesta que esperaba, pero perseveró.

–Tal vez ya es hora de que empecemos a plantearnos nuestro futuro, de que hablemos de qué queremos ambos de la vida.

–Sí, supongo que deberíamos hacerlo –respondió él jugueteando con los cubiertos.

–¿Ayudaría si te digo que me equivoqué al aceptar ese empleo y pasar tanto tiempo alejada de aquí?

–Tenías tus razones, Clo. Querías ganar mucho dinero rápido. Nadie puede culparte por eso.

–Es como si hubiera regresado a otro mundo –le confesó ella–. Uno que no comprendo.

–Las cosas cambian; las personas, también. Seguro que tú tampoco eres la misma persona que cuando te fuiste –señaló él, con un amago de sonrisa.

–He regresado para serlo –aseguró ella–. Creí que lo sabías.

De pronto él miró por encima de su hombro y entrecerró los ojos.

–Parece que es el lugar de moda –dijo tenso, y se puso en pie.

Chloe no necesitó girarse para saber quién acababa de entrar. Las mariposas de su estómago ya se lo indicaban.

«Cielo santo, esto no puede estar sucediéndome. No una segunda vez».

–Qué sorpresa tan agradable –comentó Darius alegremente conforme Lindsay y él se acercaron a su mesa.

Ella llevaba un vestido negro que le hacía parecer etérea; él, unos pantalones chinos y una camisa granate, algo normal pero que le hacía destacar por encima del resto de hombres de la sala.

–¿Y si unimos fuerzas, siendo vosotros mis invitados, por supuesto? –propuso Darius.

A Chloe se le ocurrían miles de razones para negarse, e iba a hacerlo cuando oyó el forzado «Gracias, nos encantará» de Ian.

Recordó las palabras de tía Libby respecto a hacer negocios en comunidades pequeñas. Pero, cuando se vio sentada justo enfrente de Darius, concentró toda su atención en la carta, intentando no escucharlo en su modo anfitrión, sociable y encantador.

«Podría decir que me duele la cabeza y que quiero volver a casa, pero él sabría que miento y que estoy huyendo de nuevo. Y eso sería peor que quedarme aquí, casi sin moverme para evitar cualquier contacto con él», concluyó. Lo trataría con indiferencia, sobre todo tras haber interrumpido su cita con Ian cuando por fin parecía que las cosas entre ellos se ponían en marcha.

Ahogó un suspiro y pidió salmón ahumado y un filete poco hecho.

–¿Es la primera vez que vienes? –estaba preguntando Ian.

Darius negó con la cabeza.

–Estuve en la inauguración. El dueño es amigo mío –dijo, y miró a Chloe, que ya no tenía carta tras la que parapetarse–. ¿Recuerdas a Jack Prendergast, del último Baile de Cumpleaños? Es un tipo alto, pelirrojo y que sonríe a todas horas.

Chloe bebió un poco de agua.

–No recuerdo mucho de esa noche –respondió fríamente, y vio que él la miraba con diversión.

–Qué pena. Estoy seguro de que él no te ha olvidado. Claramente, tendré que lograr que el próximo baile sea aún más memorable.

Ella se lo quedó mirando atónita.

–¿Vas a celebrarlo de nuevo? ¿Por qué? –inquirió con voz ronca.

–Me parece una buena idea, un acto de solidaridad entre vecinos –respondió él con un amago de sonrisa–. Y también enterrará algunos fantasmas. A mi padre le gustaría.

–Yo no estaba en el anterior –intervino Ian–. ¿Por qué se le llama «Baile de Cumpleaños»?

–Es un homenaje a mi tatarabuela Lavinia –explicó Darius–. Fue una reconocida belleza del siglo XIX, solicitada por el Príncipe de Gales, entre otros. Su marido, que la adoraba, y a quien ella siempre fue fiel, decidió celebrar un baile de gala anual por su cumpleaños, a finales de julio. Acudía gente de todo el país –añadió–, y las generaciones posteriores continuaron la tradición, aunque ya no con tantos invitados. En la época de mi madre, casi todos los asistentes eran locales. Pero siempre ha sido una noche fabulosa.

«¿Cómo puedes decir eso, sabiendo lo que hiciste la vez anterior, cómo arruinaste la vida de varias personas?».

–¿Sir Gregory no lo verá como una ofensa?

–Al contrario, lo apoya plenamente –intervino Lindsay–. Se aburre mucho, y organizar el baile supone un nuevo interés.

«Tú eres su enfermera, así que lo sabrás mejor que nadie. ¿O solo piensas en abrir el baile en brazos de Darius? ¿Ya has empezado a actuar como la nueva lady Maynard?», pensó Chloe.

–Amén –dijo, y apuró su copa de vino.

La llegada de la comida facilitó un poco las cosas, porque pasaron a hablar de ella.

Darius devoró con entusiasmo, pero ni Lindsay ni Ian comieron apenas nada. Chloe se obligó a no dejar ni una miga. ¿Para qué mostrar desagrado? Era mejor fingir que no le afectaba. Tratarlo como un ensayo para la cena en The Hall.

–¿Qué tal está Samson estos días? –preguntó Ian–. ¿Sigue con su afán autodestructivo?

Se giró hacia Chloe.

–Tuve que atenderle porque se dañó el corvejón intentando escapar del box hace unos meses. Tuvimos que sedarlo para poder acercarnos a él.

Darius se encogió de hombros.

–Sigue con su mal genio de siempre. Pero últimamente dirige su malevolencia hacia el resto del mundo. Tiene aterrorizado a Arthur. Sin embargo, es muy rápido y salta como un ángel, así que estoy planteándome enviarlo a Irlanda a que sirva de semental, y así dedique toda esa energía para un buen fin –comentó, con una sonrisa–. Tal vez una cuantas yeguas de buen ver le hagan ver la vida de otra manera.

–Compadezco a esas yeguas –intervino Chloe con aspereza.

Darius sonrió aún más.

–No esperaba otra cosa –dijo él con suavidad.

Chloe se ruborizó y deseó no haber abierto la boca.

Durante el segundo plato, se le ocurrió que Ian y ella podrían estar ya casados y de luna de miel en la fecha del baile, lo cual solucionaría multitud de problemas. Al menos podían intentarlo.

Cuando aquella cena infernal terminara y por fin

estuvieran solos, le convencería de que era suya. Se lanzaría a sus brazos y le daría lo que él siempre había querido.

Se lo imaginó besándola en los ojos, las mejillas, los labios entreabiertos; imaginó sus dientes mordisqueándole el lóbulo de la oreja mientras le acariciaba el cuello con los dedos. Se lo imaginó tocándola por fin: los senos, los muslos... haciendo que todo su cuerpo se arqueara de placer. Y su voz, ronca de deseo:

«Cariño, ¿sabes lo que me estás haciendo?».

Por un momento, sintió la oleada de excitación y las mejillas ardiendo de anticipado placer.

Todo su cuerpo se estremeció en un suspiro y, al elevar la mirada, vio a Darius observándola embelesado. Advirtió su sonrisa sensual y el sutil jugueteo con el pie de su copa.

De pronto, se dio cuenta horrorizada de qué caricias estaba recordando, a quién había invitado a hacerle el amor con tal candor, aquella lejana vez.

Y lo peor de todo era que Darius también lo sabía: había compartido cada recuerdo y reconocido cada necesidad. Dejándola, de nuevo, indefensa.

Por un instante, el espacio entre ellos se cargó de electricidad.

Chloe hizo un gesto instintivo de negación y tropezó con su copa, derramando el vino sobre el mantel.

–Lo siento, qué torpe –se disculpó, mientras el camarero retiraba lo manchado y lo reponía con eficacia–. Creo que he bebido demasiado.

Para reforzar esa teoría, pidió café en lugar de postre. Además, se acercó más a Ian y comió un poco de su plato. Gestos de intimidad que debían dejar claro quién era el centro de su universo y, al mismo tiempo, restaurar su equilibrio interior.

Mientras tanto, Darius se concentró de lleno en su copa de coñac, y su compañía devoró su tarta.

Cuando Ian miró el reloj y anunció que tenía que madrugar, nadie protestó. Darius asintió y pagó la cuenta.

–Ha sido muy agradable. Estoy deseando veros de nuevo en The Hall la semana que viene –dijo para despedirse.

En la superficie, era lo que se decía habitualmente. Pero Chloe reconoció la velada amenaza bajo la cortesía formal, y tembló mientras le observaba alejarse.

De regreso a casa en el coche, al lado de un Ian silencioso, una pregunta le asaltaba sin cesar: «¿Qué voy a hacer, Dios mío?».

# Capítulo 6

CHLOE no podía dormir.

Se había despedido de Ian con un leve beso y, una vez en casa, se había refugiado en su habitación rápidamente.

Sus tíos estaban jugando al Scrabble y, aparte de desearle buenas noches, no le habían prestado mucha atención, cosa que agradeció. Así pudo escapar de la sagaz mirada de tía Libby.

Pero de sí misma no podía escapar. Después de dar muchas vueltas en la cama, se levantó y se acercó al banco junto a su ventana. No entraba ni una brizna de aire, a pesar de estar abierta, y la luna llena brillaba sobre los campos.

Chloe cerró los ojos. Creía que lo había superado hacía mucho, pero sus demonios volvían a presentarse. «Esto tiene que acabar ya», se dijo. «No puedo permitir que un insignificante recuerdo interfiera con la vida que he elegido para mí, para la cual llevo siete años trabajando. No lo permitiré. Voy a afrontarlo ahora mismo y a dejarlo marchar, para siempre. Y si hay dolor, también lo afrontaré».

Aquel día hacía el mismo calor aplastante, recordó, como si se acercara tormenta.

–¿Vas a la poza otra vez? –le había preguntado tía Libby por la tarde–. Llévate el chubasquero. El tiempo va a cambiar.

–Estaré de regreso antes de que eso suceda –le había asegurado Chloe, metiendo una toalla y bronceador en su mochila.

El colegio había terminado, solo le quedaba por conocer los resultados de los exámenes, y sus dos mejores amigas estaban de viaje con sus padres, celebrándolo. Todavía quedaban muchas semanas antes de que empezara el curso en la universidad.

Para empeorar las cosas, Ian estaba en Shropshire, participando en un curso práctico de Veterinaria, y sus charlas por teléfono no compensaban la separación.

Por más angustiada que se sentía Chloe, tía Libby la compadecía lo justo.

–Ian es un chico decente, y a tu tío y a mí nos gusta mucho. Será un buen veterinario y probablemente un buen marido cuando llegue el momento, pero es demasiado pronto para que ninguno de los dos penséis seriamente en el matrimonio –le había aconsejado–. Disfruta de estos momentos, cariño, enamórate unas cuantas veces... Solo se es joven una vez. Por otro lado, debes concentrarte en tus estudios. No te desvíes de tu objetivo, por muy atractiva que parezca otra cosa en un momento. Y no des falsas esperanzas a Ian, no se lo merece.

«¡A saber a qué se refería con eso!», pensó mientras se dirigía a la poza en bicicleta. «Debería alegrarse de que haya encontrado al hombre que deseo, y saber que así no voy a desviarme de mi camino en la universidad. Además, debería estar contenta de que haya descubierto mi vena doméstica y esté interesándome por aprender las tareas del hogar, no solo para mi futuro, también por el presente con ellos».

La poza estaba desierta, algo habitual entre semana. Rápidamente, se quedó en biquini y se metió en el agua fresca. Nadó un poco y luego se sentó en la roca donde había dejado su toalla, se peinó el cabello con las manos y elevó el rostro al sol.

–Cielo santo, la pequeña Chloe ha crecido, ¿quién lo habría dicho?

La voz masculina la sobresaltó. Se giró, con el corazón desbocado al darse cuenta de quién había hablado.

–Darius... señor Maynard. ¿Qué está haciendo aquí?

–Lo mismo que tú, o ese era el plan. Y tutéame, por favor.

Se acercó y la contempló de arriba a abajo. Chloe se ruborizó, consciente de lo poco que tapaba su biquini. Ojalá hubiera ido a bañarse a la piscina de East Ledwick.

Agarró su ropa.

–Enseguida me visto y desaparezco.

–Por favor, no lo hagas –rogó él–. A menos que quieras que me sienta culpable por echarte de aquí. Hay sitio de sobra para los dos. Además, creí que éramos amigos.

«Menuda broma», pensó Chloe, ¡apenas se conocían! Alguna de las veces que había ido a leerle a su madre, y por encargo de ella, Darius la había acompañado a la puerta, charlando animadamente mientras ella le seguía, incapaz de hablar. Después de eso, se lo había encontrado alguna vez que había ido a ejercitar los ponis que él y su hermano montaban de pequeños. Y, aunque él la trataba cortésmente, Chloe siempre se había sentido incómoda a su lado, y agradecida de alejarse.

Los dos años anteriores apenas se habían visto. Se rumoreaba que él había estado trabajando fuera, que le pagaban para mantenerlo alejado de aquello y de que causara problemas.

Ella ya no era una tímida colegiala, ¿por qué temblaba ante aquel encuentro inesperado? El aplomo que creía haber adquirido era más endeble de lo que suponía.

–Creí que estabas trabajando fuera –comentó.

–Así ha sido. Regresé ayer, y he pensado en volver a ver a gente y lugares, a recuperar viejas amistades –dijo, y su sonrisa fue como una caricia–. Y con gran fortuna, empiezo por ti.

Comenzó a desabrocharse la camisa. Chloe clavó la vista en su toalla. Debería ofrecer cualquier excusa y marcharse, pensó. Él era demasiado guapo.

Le oyó zambullirse y pensó que era el momento ideal para irse. Pero no quería que él supiera el efecto que le causaba. Así que empezó a aplicarse bronceador por todo el cuerpo y, para cuando él regresó, acababa de terminar.

–¿Ha estado bien? –le preguntó muy dignamente al verlo acercarse.

–Mejor que bien –respondió él–. Puede que sea nuestra última oportunidad en un tiempo. Se acerca tormenta, ¿puedes sentirla en el aire?

Empezó a secarse y Chloe se acaloró aún más. Cuando acabó, Darius extendió su toalla sobre el césped a una cortés distancia de ella y se tumbó.

–Ha pasado tiempo, ¿cómo te trata la vida, señorita

Chloe Benson? ¿Qué tal las vacaciones antes de regresar al colegio?

Ella negó con la cabeza.

–Ya he terminado el colegio. Me han ofrecido una plaza de profesora lectora de inglés en la Universidad de Londres si mis notas son lo suficientemente buenas.

Él se sentó.

–¿De veras? Es fabuloso –alabó con una sonrisa–. Tu familia debe de estar feliz y muy orgullosa.

Ella sonrió tímidamente.

–Eso parece. Yo también estoy contenta.

–¿Y qué tienes pensado estudiar?

–Periodismo. O al menos, empezar –respondió, y se ruborizó–. Siempre he querido escribir. Un día, cuando sepa un poco más de la vida, puede que escriba una novela.

–Eso requiere una celebración –anunció él.

Se dirigió a su todoterreno y regresó con una botella de champán y un vaso de plástico.

–No es una copa, me temo, y no estará tan frío como debería, pero ¿qué demonios?

–¿Siempre llevas champán en el coche?

–No, ha sido un regalo de despedida –respondió él, descorchando la botella.

Chloe intuyó que provenía de una mujer.

–Por tu primer éxito de ventas –anunció él, tendiéndole el vaso; él dio un trago a la botella.

Chloe dudó.

–Eres muy amable, pero creo que no debería.

–¿Por qué no? –preguntó él, enarcando las cejas–. Ya tienes edad donde todos los placeres son legales, y ese es uno de ellos. No estés nerviosa.

–No lo estoy –saltó ella.

–Tal vez la palabra sería «asustada» –puntualizó él, con una sonrisa–. Pero estás a salvo, porque sé que, si te ofendo de cualquier manera, tendré que vérmelas con tu tía Libby, y ella sí que asusta.

Chloe rio, para su consternación.

–Así mejor –dijo Darius–. No puedes negarte a brindar por tu propio éxito.

Ella bebió, disfrutando de las pompas recorriéndole la garganta.

–Hablas como si fuera algo manifiesto.

–Porque creo que lo es –afirmó él–. Aunque yo habría dicho que te convertirías en actriz, más que en escritora. Recuerdo cómo le leías a mi madre: dotabas de vida a las historias de los libros, era muy divertido. Ella te quería mucho.

Chloe bajó la vista.

–Gracias por decírmelo. Ella también me gustaba. Y sí me planteé lo de ser actriz, pero al leer tanto me di cuenta de que prefería crear mis historias en lugar de interpretar las de otros.

–Tengo entendido que aún subes a The Hall para ayudar con los ponis.

–Sí, aunque eso ya no va a durar mucho. Según parece, tu hermano va a venderlos. Son tan adorables, fuertes y saludables... Creí que se los quedaría para sus hijos.

–También se va Moonrise Lady.

–¿La yegua de la señora Maynard?

–Parece que Penny prefiere los coches a los caballos. No es una chica de campo.

–Qué lastima, dado que su esposo sí lo es. Mi tío me ha comentado que le pedirán ser uno de los jefes de las partidas de caza la próxima temporada.

–Eso he oído yo también. Seguirá la tradición, como hizo su padre y el padre de su padre –añadió él, enarcando una ceja.

–¿No crees en la tradición?

«De no ser por el champán, esa pregunta no se la habría hecho», pensó Chloe.

–Afortunadamente, no tengo que hacerlo –respondió él–. Eso es trabajo de Andrew. Yo en lo que creo es en el progreso, en hacer lo que necesita ser hecho.

Un relámpago iluminó el cielo, y Darius elevó la vista y frunció el ceño.

–Lo cual en este momento es vestirse y marcharse de aquí –añadió, al tiempo que un trueno resonaba en la distancia–. Yo regresaré por la orilla, tú hazlo bajo los árboles. Eso debería preservar nuestra decencia. Pero date prisa –le ordenó, y vació los restos del champán en el suelo.

Chloe dudó solo un instante. Estaba terminando de vestirse cuando, tras otro relámpago, comenzaron a caer gruesas gotas de lluvia.

–Sube al Land Rover –le dijo él cuando se encontraron–. Guardaré tu bicicleta atrás.

–Pero yo no me atrevería a pedirte...

–No lo has hecho –le cortó él, tendiéndole las llaves–. Y ahora, corre antes de que te empapes.

Empezaba a llover con fuerza, mejor hacer lo que se le decía.

–No podemos decir que no se nos había avisado –comentó él una vez dentro del coche–. Pero es una pena que nuestra celebración haya tenido que terminar tan repentinamente. Qué maravilloso verano inglés... ¿Te has mojado mucho?

–No, estoy bien –respondió ella, erguida en su asiento y con las manos en el regazo–. Eres muy amable.

–¿Y qué creías, que iba a permitir que una futura premio Booker se arriesgara a tener neumonía?

Chloe se ruborizó y, como no se le ocurría ninguna respuesta ocurrente, prefirió no decir nada.

Él la llevó a su casa.

–Aquí estás, sana y salva. Y no aceptaré la amable invitación de tomar un té que sé que vas a proponerme –dijo, entregándole la bicicleta–. Ya nos veremos. Y cuando publiques tu primera novela, te prometo que abriré más champán y te bañaré en él.

Le lanzó un beso, se subió al coche y se marchó. Chloe lo observó alejarse boquiabierta, sin reparar en la lluvia.

Tía Libby estaba esperándola en la entrada.

–Cariño, sabía que cambiaría el tiempo. Debes de estar empapada. Te prepararé un baño caliente.

–Casi no estoy mojada –contestó Chloe, y dudó un momento–. De hecho, me han traído a casa.

–Qué amabilidad –señaló tía Libby, preparando un té–. ¿Quién ha sido?

–Darius Maynar, ¿puedes creerlo? –respondió Chloe, intentando sonar desenfadada.

Tía Libby detuvo un momento lo que estaba haciendo.

–Se suponía que estaba trabajando en una granja de caballos en Irlanda. ¿Dónde te lo has encontrado?

–Regresó ayer. Ha ido a nadar a la poza, igual que yo.

–Ya veo –dijo su tía con tono poco apreciativo–. Imagino que habrá vuelto para el Baile de Cumpleaños. Han enviado las invitaciones esta semana, supongo que era inevitable.

Chloe agarró la taza de té que le tendía su tía.

–Lo dices como si él no debiera haber vuelto.

–Tal vez sería lo mejor –dijo la mujer, y suspiró pesadamente–. Parece que, siempre que Darius está cerca, hay problemas. Y algunos han sido importantes, según lo que se cuenta en el pueblo. Sus ausencias, especialmente la última, no han sido voluntarias. Aunque tal vez no toda la culpa sea suya. Por un lado, es totalmente diferente a su padre y a su hermano; por otro, ser el segundo hijo y no tener una función definida no debe de resultarle fácil. Tal vez eso le anima a hacer locuras, para comprobar hasta dónde puede forzar los límites, incluso saltándose la ley.

–¿A qué te refieres?

–No hace falta que lo entiendas –aseguró tía Libby–. Tan solo mantente alejada de él, cariño. Ser tan guapo tampoco le ayuda.

–A mí no me atrae –aseguró Chloe, bebiendo un sorbo de té para disimular cualquier rastro de alcohol.

«¿A quién intento convencer, a ella o a mí?», se preguntó. «Da igual. Los Maynard pertenecen a otra esfera social, no creo que nuestros caminos vuelvan a cruzarse».

A los pocos días, se extendió el rumor por el pueblo de que Darius se había marchado de nuevo, a Londres esa vez, y Chloe pudo relajarse sin el temor de encontrárselo a la vuelta de la esquina.

Su ausencia la animó a responder a una invitación de The Hall a través de tío Hal: dado que venderían los ponis al día siguiente, podía subir a despedirse de ellos si quería.

Chloe se cambió rápidamente, con una camisa azul y sus pantalones de montar. Tío Hal la dejó en la puerta de la finca, y estaba atravesándola cuando oyó un bocinazo. Se giró asustada y vio a Penny Maynard haciéndole señas desde su Alfa Romeo.

–Sube, hace demasiado calor para andar –la invitó.

Como siempre, estaba espectacular. Siempre había sido delgada, pero a Chloe le pareció casi demacrada. Además, fruncía la boca en un gesto que no le había visto nunca.

–Siento que vayas a perder a tus amigos –señaló ella, poniendo el coche en marcha–. Tú eras quien se preocupaba de ellos. Andrew ha aceptado por fin que los caballos es otro de los intereses que no compartimos, así que no lloraré su pérdida.

Había una extraña nota en su voz.

–Los acuerdos prenupciales parecen referirse siempre al dinero –continuó–. Yo creo que deberían ampliar el rango que abarcan, para que todo el mundo sepa en qué lugar se encuentra y no haya sorpresas tras la boda. ¿No te parece?

–No lo sé –contestó Chloe desconcertada–. Pero no se podría incluir todo. Además, ¿no es acaso aprender el uno del otro parte de la diversión de estar casado?

–La diversión de estar casado... –murmuró Penny, y soltó una carcajada–. Tienes razón, de eso se trata. Jovencita sabia.

Detuvo el coche frente al arco que conducía a los establos.

–Quiero que sepas que te agradezco de veras que te hayas ocupado de los ponis y de Moonrise Lady. Lamento no haber podido hacerlo yo. Eso habría justificado en parte mi existencia.

Chloe la observó marcharse con una mezcla de perplejidad e incomodidad. ¿A qué se había debido eso?

Penny Maynard tenía seis años más que ella y, hasta entonces, nunca habían hablado más allá de las formalidades típicas al encontrarse en algún evento del pueblo. Al fin y al cabo, ella era la sobrina del veterinario, una colegiala, mientras que Penny era la esposa de Andrew Maynard.

–Los ponis están en el primer cercado –le informó Arthur, el mozo de cuadra, que estaba ensillando a Moonrise Lady–. He puesto unos cuantos saltos en la otra pista para que montes a esta señorita una última vez. La niña a la que va a ir no tiene tanta experiencia.

–Pero es afortunada –aseguró Chloe, acariciando a la yegua.

Sacó unos trozos de zanahoria y manzana y se los llevó a los otros ponis, que la recibieron con alegría. «Deberíais quedaros aquí. Os recordaré siempre», pensó y, enjugándose las lágrimas, montó en la yegua y la condujo a la pista.

Los saltos eran sencillos, y los pasaron sin dificultad. Terminado el recorrido, vio que Arthur subía el último obstáculo un par de puntos, pero aún dentro de las capacidades de la yegua. Chloe la llevó al comienzo y volvieron a superar el recorrido con soltura.

Sin embargo, conforme se acercaba al último salto, Chloe percibió por el rabillo del ojo que llegaba un nuevo espectador. Miró distraída y ahogó un grito. Trató de recuperar la concentración, pero la yegua había perdido el ritmo: despegó en un ángulo extraño y, al aterrizar, Chloe salió volando y cayó... justo a los pies de Darius Maynard.

# Capítulo 7

HE VISTO formas de bajar más elegantes –señaló Darius, agachándose junto a ella–. ¿Estás bien? ¿Te has roto algo?

Chloe se sentó con una mueca de dolor.

–Estoy bien.

«Solo furiosa conmigo misma por haber sido tan idiota».

–Y un poco desaliñada –añadió él con suavidad.

Chloe siguió su mirada y, horrorizada, vio que los botones de la camisa habían saltado con el golpe, y dejaban ver sus senos más incluso que el biquini.

–Yo no tengo ninguna objeción, por supuesto –continuó Darius en todo divertido–. Pero al viejo Arthur igual le da un infarto.

«Además de furiosa, humillada», pensó Chloe mientras intentaba cerrarse la camisa con dedos temblorosos. «Y delante de él, nada menos».

Afortunadamente, se le acercó Moonrise Lady y pudo esconder el rostro hundiéndolo en su cuello.

–Lo siento, pequeña. Ha sido culpa mía.

Darius se puso en pie, se limpió sus elegantes pantalones y le tendió una mano.

–Arriba de nuevo, señorita. Devuélvele la confianza en ti haciéndola pasar de nuevo ese salto. Y esta vez, como debe ser.

Chloe obedeció sin rechistar. Tampoco le quedaban muchas opciones. No estaba acostumbrada a caerse del caballo. Le dolía todo el cuerpo y lo que quería era echarse a llorar y volver a su casa. Pero no le servía la excusa de que había cometido un error por la inesperada llegada de Darius.

Se subió a la montura, inspiró hondo y volvió a saltar. Esa vez, todo fue como la seda. Y cuando fue a desmontar, Darius la levantó en brazos y la dejó en el suelo con suavidad, sobre sus piernas temblorosas.

–Gracias –dijo ella, dando un paso atrás y quitándose el casco–. Voy a ocuparme de Lady.

–Arthur lo hará. Me han pedido que subas a la casa.

Chloe dudó, con la vista clavada en las manchas de sus pantalones de montar.

–Mis tíos me esperan.

–Penny los ha telefoneado y les ha explicado que te quedabas a tomar un té –informó él, y con un pañuelo le limpió la mejilla–. Además, así podrás asearte.

Ella se ruborizó, pensando en el aspecto que debía presentar. Pero no tenía sentido protestar. Al lado de Penny Maynard siempre parecería una jovenzuela mugrienta.

Chloe no había vuelto a entrar en la casa tras el fallecimiento de la anterior lady Maynard, pero todo parecía seguir igual. Penny se encontraba en el salón, junto a uno de los ventanales, con la vista perdida en el jardín.

–Dios santo, ¿qué te ha ocurrido? –preguntó al ver a Chloe.

–Me he caído –confesó ella.

–¿De uno de los nobles animales de mi marido? No puedo creerlo –dijo en tono burlón–. Parece que te hubiera pasado un camión por encima. Ven, te llevaré a mi habitación para que puedas asearte.

Y, tras pedirle a Darius que avisara a la cocinera de que llevara el té media hora más tarde, la condujo escaleras arriba. Conforme la seguía, Chloe se sintió de nuevo la adolescente nerviosa por ir a ver a lady Maynard.

Aunque cuando entró en el dormitorio, no lo reconoció: moderno y minimalista, no tenía nada que ver con el que ella había conocido.

–Andrew me permitió decorarlo a mi gusto –informó Penny–. Y eso hice.

–Es precioso –reconoció Chloe.

El baño parecía más bien un salón de belleza, pensó, y se estremeció al verse reflejada en un espejo, toda manchada de barro.

–Puedes ducharte –invitó su anfitriona–. Hay toallas, y te buscaré algo limpio para ponerte. Me parece que tenemos la misma talla.

–No quiero causarte problemas –dijo Chloe, más bien por educación.

–No te preocupes. Baja cuando estés lista.

La ducha de agua caliente fue como un bálsamo para su cuerpo dolorido. Cuando regresó al dormitorio, encontró un par de pantalones vaqueros de diseño y una blusa de seda blanca que le sentaban a la perfección.

Mientras se secaba el cabello, recordó cómo era antes esa habitación, con la enorme cama maciza con dosel y la elegante *chaise longue* junto a la ventana.

Lady Maynard creía en la tradición. A veces, cuando

terminaban la lectura y se sentía con fuerzas, le contaba recuerdos de su niñez, cuando viajaba con sus padres a puestos diplomáticos por todo el mundo. También le hablaba de la historia de The Hall, que llevaba recopilando desde hacía años, y se lamentaba de que nunca sería terminada.

–Eso será tarea de otra persona –decía.

«¿Qué habrá pasado con eso?», se preguntó antes de salir del dormitorio.

A la vez que llegaba al salón, la señora Vernon entraba con el carrito del té.

–Justo a tiempo –alabó Darius, dejando la revista que estaba leyendo y comiéndose a Chloe con la mirada.

Ella, ruborizándose, lo miró indignada, elevó la barbilla y se sentó lo más lejos que pudo de él. «No quiero que me mire así, me inquieta lo que me hace sentir. Ojalá se hubiera quedado en Londres, no me gusta».

Penny actuó como buena anfitriona, ofreciéndole las delicias cocinadas por la señora Denver y hablando sin parar. En la superficie, parecía una agradable velada vespertina, pero por debajo bullía una tensión casi palpable. Y se debía a Darius, se dijo Chloe, muy consciente de que se hallaba sentado al otro extremo de la habitación, con la corbata de seda deshecha, la camisa desabrochada en el cuello y una medio sonrisa. Recordó lo que tía Libby había dicho: era alguien que forzaba la ley hasta sus límites. ¿Qué habría hecho, por qué le habían enviado fuera? Pero eso era territorio prohibido.

Al cabo de un rato, se puso en pie y murmuró que debía marcharse. Dio las gracias a Penny y declinó su oferta de llevarla a casa, aduciendo que le haría bien caminar.

–Así me dolerá menos el cuerpo luego –justificó.

–Llévate esto. Es la invitación para tu familia al Baile de Cumpleaños –le dijo la joven, dándole un sobre con el nombre de sus tíos y el suyo.

Chloe lo agarró sintiéndose como Cenicienta.

–Gracias. Debo pasar por los establos antes de marcharme, he dejado allí mi mochila –anunció, y forzó una sonrisa–. Gracias de nuevo. Adiós.

Salió tan deprisa como pudo, y había llegado al arco cuando Darius la alcanzó.

–No hace falta que me acompañes a la puerta. Conozco el camino –le espetó ella secamente, con la vista clavada al frente.

–Estoy seguro –dijo él, siguiéndola a los establos y apoyándose contra la puerta.

Aparte del sonido de Moonrise Lady comiendo heno y algún que otro gorrión, no se oía nada.

–Yo también tengo algo para ti –añadió él, y le tendió un frasco con pastillas–. No temas, no es una extraña droga para que caigas a mis pies. Solo es árnica para las heridas. Seguro que tu tío tiene, pero llévatelo por si acaso.

«Darius Maynard, el rey de los gestos que desarman», pensó ella amargamente, guardando el frasco.

–Te llevaré a casa –se ofreció él.

–¡No! –exclamó ella con vehemencia.

Darius enarcó las cejas burlón.

–Chloe, cielo, ¿qué debo hacer para demostrarte que puedes confiar en mí?

–Nada –respondió ella, agitada–. Simplemente, no veo la necesidad. Sé que para ti esto no es más que una broma, pero yo no le veo la gracia. ¿Por qué no puedes entenderlo y dejarme en paz?

–Porque no es una broma –contestó él con repentina dureza–. Y eso tú no lo comprendes.

Se adelantó, la agarró por los hombros y la atrajo hacia sí. Chloe contuvo el aliento y apoyó las manos en aquel pecho, en un intento de mantener la distancia. Tenía que detenerlo antes de que fuera demasiado tarde...

Él inclinó la cabeza y la besó con una precisión casi aterradora, explorando su boca como si fuera un territorio desconocido que estaba aprendiendo de memoria.

Ya era demasiado tarde.

La sujetó por la cadera y la atrajo hacia sí para un contacto aún más íntimo. Con la otra mano, le acarició el cuello, el lóbulo de la oreja, la nuca, y hundió los dedos en su cabello.

Ella lo agarró fuertemente de la camisa por temor a que no le sostuvieran las piernas.

Sintió la lengua de él introduciéndose entre sus labios y se estremeció, despertando a su propia sexualidad, rindiéndose sin poder evitarlo a la respuesta que él buscaba.

El beso se volvió más apasionado y ella lo abrazó por el cuello y le acarició la nuca.

La vocecita de su interior que le advertía de que aquello estaba mal, que era peligroso y debía detenerse, pasó a ser un murmullo y luego enmudeció.

Fundidos en un apasionado abrazo, a Chloe le estorbó la ropa. Sentía sus senos hinchándose bajo el sujetador contra aquel pecho musculoso y varonil.

Como si hubiera leído su mente, Darius empezó a

acariciarle uno de los senos con sensualidad. Chloe ahogó un gemido, ante la ola creciente de fuego en su entrepierna.

Entonces, él murmuró su nombre, como en un lamento, y detuvo su mano. La besó en las sienes, en los párpados, en las mejillas y, con gran delicadeza, en la comisura de la boca. Ella lo miró y vio un brillo en sus ojos que la asustó y excitó al mismo tiempo.

–No, cielo mío. Aquí no, así no –susurró él con voz ronca.

La abrazó fuertemente y hundió el rostro en su cabello. Luego, se separó y la miró compungido.

–Será mejor que te lleve a casa –dijo lentamente.

Chloe, sentada en la oscuridad, se enjugó las lágrimas que le bañaban el rostro. Cada recuerdo de aquel momento, sucedido hacía siete años, le recordaba que realmente apenas era una niña empezando a convertirse en mujer. «Y me permití recrearme en sueños infantiles», se dijo amargamente. «Ignoré las advertencias de gente que le conocía de mucho antes. Me dije que no eran justos, que estaban comparándolo con Andrew, el que nunca se equivocaba».

«Darius me pidió que confiara en él, y lo hice durante un tiempo, aun sin razones para ello. Era joven y estúpida, por eso permití que sus caricias y besos me tentaran a olvidar lo que realmente quería en la vida. Incluso me engañé a mí misma un tiempo, creyendo que podía ser mi media naranja. Y él me lo puso tan fácil...».

Empezó a temblar y se abrazó. «No debería lamentarme, Darius fue una diversión, una herramienta del destino para enseñarme a distinguir lo importante de lo que no lo es; una lección dolorosa pero necesaria. Y no volveré a cometer el mismo error».

Pero el tiempo aún no había curado del todo la herida, y sintió un profundo dolor al recordar el camino de regreso a The Grange en el coche con él, completamente encendida, y con las manos entrelazadas en su regazo para que no le temblaran.

Cuando pidió que la dejara al comienzo de la calle, él no protestó, aunque frunció la boca. La ayudó a soltarse el cinturón de seguridad y le acarició la mejilla con un dedo.

–Estaré en contacto –dijo, y se marchó en el coche.

–¿Qué tal ese té en The Hall? –preguntó tía Libby.

Chloe respondió con la mayor compostura que pudo.

–La señora Maynard ha sido muy amable. Debo lavar y planchar la ropa que me ha dejado antes de devolvérsela –comentó, y le entregó un sobre–. Te envía esto.

Su tía se sorprendió al leerlo.

–Tú también estás invitada al baile. Imagino que no querrás ir.

–¿Por qué no?

–Hace poco te espantaba la idea, si no recuerdo mal –contestó su tía, y entrecerró los ojos–. ¿Ha ocurrido algo para que cambies de opinión?

–Probablemente será mi única oportunidad de ir, así comprobaré si estaba equivocada respecto a mis prejuicios –respondió, y forzó una sonrisa–. En cuanto empiece la universidad, necesitaré trabajar en vacaciones, así que no estaré mucho por aquí.

–Cierto –admitió tía Libby pensativa, y suspiró–. Entonces aceptaré por los tres. Necesitarás un vestido.

–Hay una tienda de East Ledwick donde puedo alquilarlo –se apresuró a decir Chloe–. O puedo probar en tiendas de segunda mano. No tiene por qué salir caro.

–Se ve que has pensado en todo –comentó su tía en tono seco–. Nos acercaremos esta semana, a ver qué tienen disponible.

La búsqueda no les llevó mucho. La dependienta alabó la figura delgada y de cintura alta de Chloe y le mostró un vaporoso vestido blanco con detalles en plata, largo y con un sugerente escote.

Cuando Chloe se lo probó, le recordó a las novelas de Jane Austen.

–Pareces Elizabeth Bennet –alabó la dependienta, y se giró hacia tía Libby–. ¿Hay algún señor Darcy esperando para bailar con ella?

–Desde luego que no –aseguró la mujer–. Esos hombres solo existen en los libros. Pero el vestido es precioso, nos lo llevamos.

Completaron el conjunto con un par de bailarinas plateadas, y Chloe volvió a casa exultante.

–La próxima vez que Ian llame, ¿por qué no le preguntas si puede acompañarte al baile? –comentó su tía de pronto en el camino de regreso–. Seguro que la señora Maynard puede darnos una invitación más.

Chloe la miró atónita.

–No serviría de nada, el curso ha comenzado. Ian no tiene fines de semana libres.

–No pierdes nada con probar –insistió su tía–. Suponiendo que quieras ir con él, claro.

–Por supuesto que sí –replicó ella, a la defensiva–. De hecho, voy a llamarle esta misma noche.

Ian lamentó no poder asistir, pero dado que uno de sus compañeros estaba enfermo, nadie más del equipo podía ausentarse.

–Qué le vamos a hacer. Solo era una idea –dijo Chloe, intentando sonar compungida.

Aunque en el fondo no le daba ninguna pena.

Al día siguiente, en el desayuno, comentó con desenfado:

–Será mejor que planche la ropa que me prestó la señora Maynard y se la devuelva. Casi se me había olvidado.

–A mí no –replicó su tía–. Hace un par de días la llevó tu tío.

Chloe fijó la vista en su plato para ocultar su desilusión.

–No quería causarte problemas.

–Nada de eso, ha sido un placer.

Mirando en retrospectiva, comprendió que su tía solo había intentado protegerla del primer gran peligro de su joven vida. «Ella lo vio, ¿cómo no lo vi yo?».

Aunque para entonces ya era demasiado tarde, admitió, estremeciéndose. El daño ya estaba hecho, y ahí quedaba ella para afrontar sus amargas consecuencias y aprender a soportarlas.

# Capítulo 8

LA NOCHE del baile, Chloe estaba tan nerviosa que casi habría preferido ser ella quien estuviera enferma.

El vestido le quedaba mejor incluso que en la tienda, y se había recogido el largo y sedoso cabello con dos peinetas de plata.

–Estás preciosa, cariño –la alabó su tío al verla–. ¿No te lo parece, Libby? Es la más guapa del baile.

Su tía, elegante con un vestido negro y una chaqueta de lentejuelas, sonrió afectuosa y asintió; si seguía preocupada, lo disimuló muy bien.

El salón de baile se encontraba en la parte trasera de The Hall, y se accedía por un amplio jardín de invierno donde sir Gregory recibía a los invitados, con Andrew a su lado vestido tan formal que parecía más un soldado en un desfile que un hombre al comienzo de una reunión social.

Su tensión parecía compartida. Penny estaba junto a él, deslumbrante con un vestido fucsia, pero su rostro estaba tenso y parecía que le habían dibujado la sonrisa.

De Darius no había ni rastro.

Chloe saludó a Penny tímidamente. Ella asintió levemente y se giró hacia un grupo de jóvenes.

–Laurence –llamó.

Un joven alto y rubio se les acercó.

–¿Sí, señora Maynard?

–Esta es Chloe Benson, la hija del veterinario del pueblo –presentó con voz casi monótona–. Es su primer Baile de Cumpleaños, así que asegúrate de que conoce a gente de su edad, por favor.

A Laurence no pareció emocionarle el encargo de hacer de niñera; Chloe, dolida por la actitud de Penny, compartía ese recelo. No se asemejaba a la presentación que hubiera deseado, lo cual demostraba lo tonta que era, pensó mientras seguía al joven a regañadientes.

Sus temores se justificaron cuando una de las chicas del grupo la miró y murmuró:

–Creí que era un baile, no una fiesta de disfraces.

–Os presento a Chloe Benson, es del pueblo –anunció Laurence.

–¿Creías que había que venir disfrazada? –volvió a atacar la joven del principio.

Chloe se ruborizó, pero alzó la barbilla.

–Por lo menos mi vestido es de mi talla –replicó.

–Bien dicho –intervino una chica de cabello castaño y mirada traviesa–. Soy Fran Harper. Y a mí me parece que estás estupenda. En el comedor dan un ponche fabuloso, vamos a por un poco y de paso charlamos.

Y, conforme se alejaban juntas, añadió en voz baja:

–No hagas caso a Judy. Le gusta Laurence, y tú supones una amenaza.

–Nada de eso –replicó Chloe–. La señora Maynard nos ha presentado, intentando ser amable.

–A mí nunca me ha parecido un alma caritativa –señaló Fran, y le tendió un vaso de ponche–. Por la amabilidad, aunque no sea algo muy habitual.

Fran apuró su vaso de un trago. Chloe bebió con

más cuidado, y sintió la calidez del alcohol en la garganta mientras observaba la sala intentando disimular que buscaba a alguien. Seguía sin haber rastro de Darius, y sintió cierta desilusión. «Esto es ridículo», se regañó. «Ya es hora de que vuelvas en ti y disfrutes de la velada como lo que es, en lugar de perderte en ensoñaciones peligrosas».

Progresivamente, se les unieron más jóvenes de su edad o algo mayores, la mayoría universitarios, y que escucharon con interés sus planes de futuro. Al poco, se trasladaron al salón de baile y Chloe se vio conducida a la pista, primero por el hermano de Fran, seguido de una serie de jóvenes.

Estaba protestando en broma de que necesitaba un respiro, cuando sintió un escalofrío y vio a Darius al otro extremo de la habitación, bailando con una mujer alta y canosa.

El corazón le dio un vuelco tan intenso que se avergonzó. Tampoco le gustó sentirse agradecida por estar bailando ella también, en lugar de ocupando una de las sillas en los laterales, abandonada por Laurence y compañía. No fuera a ser que Darius se diera cuenta.

No debía olvidar que, si las circunstancias lo hubieran permitido, habría acudido al baile felizmente con Ian. Entonces, ¿cómo era posible que quisiera mirar en otras direcciones, especialmente una tan imposible?

«Tengo que detener esto ya, antes de hacer el ridículo», se dijo con desesperación, y sonrió a su pareja de manera que a él se le iluminó el rostro.

A pesar de su firme propósito, podría haber descrito al detalle a las mujeres con las que bailó Darius. Y sin embargo, él no daba señales ni de haber advertido su presencia.

Casi agradeció la parada para la cena, suntuosa como era de esperar. Esta, servida en el comedor, se componía de ternera y cerdo, salmón, pollo, langosta... toda clase de deliciosos manjares cocinados con maestría por la señora Denver.

Chloe lamentó estar tan tensa, no podía hacer justicia a tal festín.

Terminado el banquete, llegó el brindis, planteado con gran formalidad por sir Gregory, flanqueado por sus dos hijos y Penny Maynard, delgada y rígida junto a su marido, con una sonrisa totalmente artificial.

–Al pediros que rindamos homenaje a mi tatarabuela Lavinia, me gustaría incluir a todas las mujeres Maynard, esas esposas que desde entonces han honrado nuestro apellido –anunció, con su voz grave, y se giró hacia Penny–. Sin olvidar a mi nuera Penelope quien, no me cabe duda, aportará su propio encanto y distinción a ese rol.

Elevó su copa de champán.

–Por las mujeres Maynard.

Los asistentes se unieron al brindis alegremente. Penny, sin embargo, se había sonrojado profundamente ante las palabras de sir Gregory y, de pronto, palideció y la mirada se le tornó vidriosa. «Dios mío, va a desmayarse», pensó Chloe, horrorizada e impotente por encontrarse tan lejos de ella y no poder ayudarle. Entonces, vio que la joven se giraba y salía lentamente, dejando a los tres hombres componiendo su estampa familiar. El momento de crisis parecía haber pasado, pero Chloe se quedó inquieta.

Casi agradeció que se reiniciara el baile, aunque al enterarse de que sus tíos no tenían intención de quedarse mucho, se sintió más como Cenicienta que como

Elizabeth Bennet. «Disfrutaré del tiempo que me quede», se dijo.

Estaba recuperando el aliento y bebiendo un refresco cuando Laurence se le acercó con una sonrisa halagadora.

–Ven, princesa –dijo suavemente al llegar a su lado–. Creo que ya es hora de conocernos un poco más, ¿tú no?

–Me temo que no. Ha quedado conmigo –intervino un pelirrojo repentinamente, y se giró hacia Chloe–. Creo que deberíamos salir un poco.

Y dicho aquello, la condujo hacia las puertas que daban a la terraza.

Chloe, alarmada, intentó soltarse.

–Pues yo creo que no.

–Confía en mí, muñeca –dijo él y, sujetándola con firmeza, la llevó al extremo de la terraza–. No me llaman Jack Prendergast el Honesto porque sí.

–No sabía que te llamaban de ninguna manera –le espetó ella, intentando soltarse.

–¿Qué tal si lo compruebas con un amigo común? –apuntó él con suavidad.

La hizo girar al tiempo que una figura surgía de entre las sombras.

–Aquí la tienes, amigo, como habías pedido. Está un poco indignada, pero seguro que puedes manejarla –dijo con una amplia sonrisa, y se giró hacia Chloe–. Que Dios te bendiga, pequeña.

Y abandonó la terraza, dejando a Chloe frente a Darius.

–Lo siento por el misterio, pero cada vez que intentaba acercarme a ti, algo o alguien me entretenía –dijo con desenfado–. Así que le he pedido ayuda a Jack.

–No veo para qué –señaló ella, sin saber si estaba sin aliento de tanto bailar o de la impresión.

–¿Y tú quieres ser escritora? Tendrás que usar más tu imaginación, señorita Chloe Benson.

Mientras hablaba, la agarró por la cintura y la atrajo hacia sí.

Aunque una voz le advertía de que debía soltarse y regresar a la seguridad del salón y la multitud, sus labios ya estaban entreabriéndose, deseando que los besara.

Él comenzó con tanta delicadeza que casi asustaba. Su mínima caricia le hizo estremecerse de pies a cabeza. Chloe se apretó contra él y lo abrazó por el cuello, entregada a su recién descubierta sensualidad. Darius la abrazó con fuerza y la besó más profundamente.

–Cielo santo –dijo, separándose levemente para recuperar el aliento–. ¿Tienes alguna idea de lo que me haces sentir?

–Sí –contestó ella, apenas un susurro.

¿Cómo no iba a saberlo, si no había podido dejar de pensar en su último encuentro? Ni en sus palabras «Aquí no, así no...», cargadas de un deseo que la apabullaba y requería satisfacción.

Él comenzó a explorar su rostro con una mano. Chloe la agarró, la besó y se la colocó sobre uno de sus senos. Oyó el gemido de él conforme apartaba la tela y empezaba a acariciarla.

En ese momento, oyeron voces y risas en el otro extremo de la terraza.

–No podemos quedarnos aquí –advirtió Darius con aspereza–. Tengo que estar a solas contigo. ¿Quieres venir?

Ella asintió levemente, nerviosa al darse cuenta de con quién estaba accediendo.

Él la tomó de la mano y la llevó escaleras abajo, hasta llegar a una entrada lateral de la casa. En el interior, atravesaron un pasillo, subieron más escaleras, y avanzaron por otro pasillo de gruesas alfombras. Hacia la mitad, Darius abrió una puerta y le hizo entrar.

Era su dormitorio.

No se parecía a lo que ella habría imaginado. No era muy grande y tenía pocos muebles: una enorme cama, un armario, una cómoda y una silla.

No había fotos ni cuadros en las paredes, ni adornos de ningún otro tipo; de no haber sido por los objetos de aseo sobre la cómoda, los vaqueros y camisa sobre la silla, los libros en la mesilla y las maletas en una esquina, Chloe habría dicho que era una habitación de invitados. Tenía todo el aspecto de alojamiento temporal, para alguien de paso, no para un hijo de la familia, pensó desconcertada.

Darius se quitó la chaqueta y la corbata y tomó a Chloe en brazos. Ella se rindió maravillada a las sensaciones conforme la llevaba a la cama.

Durante un rato, se recrearon en su abrazo, besándose lánguidamente. A continuación, Darius comenzó a acariciarla, a explorar sus curvas a través de las finas capas que aún la cubrían, antes de desabrocharle el corpiño del vestido y bajárselo, para que sus dedos y su boca pudieran disfrutar de sus senos desnudos, acariciarlos y succionarlos con ternura y sensualidad.

Chloe, cerrando los ojos, echó la cabeza hacia atrás, al tiempo que se le escapaba un gemido al experimentar aquel celestial tormento, con sus pezones endureciéndose bajo los sutiles juegos de aquella boca.

–Eres maravillosa, bella mía... –murmuró él con voz ronca, mientras le desabrochaba el resto de los botones y le quitaba el vestido con infinito cuidado, dejándola únicamente con su reducidas bragas de encaje.

Ella gimió con una mezcla de placer y timidez, al tiempo que sus manos inexpertas trataban de abrirle la camisa para poder sentir aquella piel desnuda contra la suya. Darius la ayudó: se quitó la prenda y la tiró al suelo. Luego, atrajo a Chloe hacia sí. Ella se apretó aún más, necesitando sentirlo más cerca y sabiendo que solo había un camino para poder satisfacer su deseo: tenían que convertirse en un solo cuerpo.

Él susurró su nombre, la besó con pasión creciente y deslizó la mano hasta las bragas: las apartó y empezó a acariciar los firmes glúteos. Un instante después, la había desnudado por completo. Se incorporó sobre un codo y la contempló embobado: su piel de nácar, sus pezones rosa intenso, la curva de su vientre, la sombra en su entrepierna...

–Bella mía... ¿Sabes lo preciosa que eres? –le preguntó, con voz casi irreconocible.

Le acarició la cadera y continuó hacia abajo lentamente. Chloe ahogó un grito conforme su cuerpo respondía ardiente a aquella nueva y devastadora promesa.

Se agarró fuertemente a sus hombros, y luego fue bajando por su torso hasta llegar al pantalón, que abrió torpemente. Por fin, sintió la dureza cálida y palpitante de él a través de su ropa interior.

Darius se liberó rápidamente de lo que le quedaba y atrajo a Chloe hacia sí, para que lo sintiera entre sus muslos.

Ella gimió y se entregó a sus besos. Con la lengua,

Darius imitó lo que hacían sus dedos más abajo, penetrando su boca con una delicadeza que ella nunca habría creído posible.

Ningún sueño la había llevado nunca tan lejos, derretidas su mente, cuerpo y alma. Sin duda, se encontraba en manos de un maestro de la seducción. No intentó resistirse: sabía que, aunque quisiera, no podría hacerlo.

Él encontró su punto más sensible entre los suaves pliegues de su entrepierna y lo acarició con suavidad, hasta que lo notó endurecido de deseo. A pesar de eso, cuando profundizó su exploración con una pequeña penetración, Chloe no pudo evitar dar un respingo al ser consciente de adónde conduciría aquello. Darius se detuvo al instante.

–¿Te hago daño?

–No, es solo que yo nunca... –consiguió articular.

Deseó que él la abrazara y reconfortara. Que le dijera: «Voy a encargarme de que convertirte en una mujer sea una experiencia hermosa».

En lugar de eso, hubo un extraño silencio.

Y, mientras intentaba reunir el valor para mirarlo, le oyó decir abatido:

–¿Cómo no me he dado cuenta? ¿Cómo he podido estar tan ciego?

Ella lo miró entonces, perpleja y algo asustada.

–¿Algo no va bien? –inquirió, preocupada.

–Yo diría que todo –contestó él, y empezó a vestirse, dándole la espalda–. Principalmente, no tengo el menor derecho a exigirte eso. Gracias a Dios que me has abierto los ojos antes de que se produjera daño alguno.

–No lo entiendo –protestó ella con voz temblorosa–. Creí que me deseabas.

–¿Y quién no lo haría, preciosa? –murmuró él–. Como te he dicho antes, eres maravillosa y totalmente deseable. Pero eso no justifica el robarte tu virginidad en lo que probablemente sería un intercambio en un solo sentido.

–Entonces, ¿por qué me has traído aquí?

Se lo explicó con tanta crudeza, que Chloe se ruborizó y ocultó su rostro con las manos.

–Te sugiero que te vistas –añadió él–. Enseguida te dejo en privado, pero vas a necesitar ayuda con esos malditos botones.

–En casa me las he arreglado sola, gracias –señaló ella tensa.

–Entonces, me marcho. Será mejor que no nos vean regresar juntos –anunció él–. Si giras a la derecha al salir, y luego a la izquierda al final del pasillo, aparecerás en la galería larga. Desde ahí, sabrás regresar.

Se acercó a la puerta, con su chaqueta y su corbata, y se giró. A la luz de la lámpara, resultaba casi irreconocible.

–Esto no debería haber comenzado, solo puedo pedirte que me perdones. Créeme cuando te digo que separarnos ahora es para mejor. Espero que algún día lo entiendas.

«Nunca lo entenderé», pensó Chloe, viendo cómo se cerraba la puerta tras él. «Nunca».

Por el momento, estaba atontada, pero pronto llegaría el sentimiento de humillación y el de arrepentimiento. Solo podía rezar por estar de regreso en casa antes de eso.

Le temblaban tanto las manos, que abrocharse el vestido fue una pesadilla, pero incluso eso era mejor que volver a rendirse a sus caricias.

Tendría que vivir sabiendo que se había ofrecido por completo a Darius Maynard y él la había rechazado, presumiblemente porque admitir que era inexperta la había hecho menos deseable.

«Él debería haber sabido que yo nunca he estado con un hombre», pensó, arreglándose el peinado como pudo. «¿Me habría catalogado como una chica fácil?». La idea le hizo estremecerse.

Su bolso estaba en el salón de baile, así que no podía pintarse los labios. Dedicó un rato a buscar una de las peinetas en la cama, la encontró, y al cabo de un rato por fin estaba presentable.

Conforme bajaba las escaleras, se encontró con Penny Maynard.

–Estás aquí, por fin. Tus tíos te estaban buscando, creo que quieren marcharse.

–Gracias. Siento haberlos hecho esperar –dijo Chloe, forzando una sonrisa–. He tomado mucho ponche, necesitaba unos momentos de tranquilidad.

Penny se encogió de hombros.

–Suele pasar. Las mezclas de Darius siempre son letales. Probablemente tú has tenido suerte.

–Sí –dijo Chloe, sonriendo sin ningunas ganas–. Probablemente.

Y se alejó en busca de la gente que la quería, para irse a casa y poder lamentarse en secreto por su corazón roto.

# Capítulo 9

CHLOE se removió incómoda en el asiento junto a la ventana. Estaba helada y entumecida, pero eso no explicaba las lágrimas que le bañaban las mejillas. Recordar lo ocurrido hacía siete años no había exorcizado sus demonios, después de todo, sino que había abierto una herida todavía dolorosa.

Al reencontrarse con sus tíos, les había explicado que se había ausentado porque después de la cena no se encontraba bien, tal vez algo de la cena le había sentado mal.

–Tienes mala cara –había comentado tía Libby, preocupada–. Mañana, duerme cuanto quieras.

El resto de la noche, ya de vuelta en casa, había llorado desconsolada. Y cuando ya no le quedaban más lágrimas, se había sumido en un profundo sueño.

Había despertado al mediodía siguiente, se había aseado y vestido, pero seguía teniendo unas ojeras considerables.

Antes o después, tendría que volver a enfrentarse a Darius, probablemente en público, aunque por el momento no podía ni planteárselo.

Tuvo que obligarse a sonreír varias veces antes de bajar a la cocina. Allí, tío Hal estaba hablando en voz baja con tía Libby, los dos muy serios. Cuando Chloe entró, enmudecieron abruptamente.

–Disculpad, ¿interrumpo?

–No –respondió tía Libby, angustiada–. Ya lo sabe todo el mundo. La señora Thursgood se ha encargado de ello.

A Chloe le recorrió un escalofrío. ¿Alguien la habría visto salir del dormitorio de Darius?

–Ha habido problemas en The Hall –explicó tío Hal–. La señora Maynard ha dejado a Andrew y se ha fugado con su despreciable hermano. Según parece, los han encontrado esta mañana en la habitación de él en circunstancias comprometedoras. Nadie sabe cuánto hace que están juntos.

Hablaba con desagrado.

–Dicen que ha habido una escena terrible –continuó–. Gritos, histeria, incluso algún golpe. Al final, sir Gregory le ha dicho a Darius que se fuera para siempre. Y eso ha hecho, llevándose a Penny. Nadie sabe adónde han ido.

Chloe sintió un zumbido en las orejas. «No debo... no puedo... desmayarme», pensó.

–Anoche estaba claro que algo no iba bien –intervino su tía–. Creo que Andrew y ella ni siquiera bailaron juntos. Pero todos los matrimonios atraviesan momentos difíciles, antes o después –suspiró–. Una pareja tan bonita... Qué triste. Y qué mal lo debe de estar pasando sir Gregory, tan celoso de su privacidad, viendo sus asuntos privados aireados públicamente. Supongo que se divorciarán.

–Yo diría que es inevitable –coincidió su marido.

Chloe tragó saliva.

–¿Cómo os habéis enterado? –inquirió, sorprendida de sonar tan tranquila.

–La sobrina de la señora Thursgood participaba en

la limpieza tras la fiesta –explicó su tío–. La discusión se ha oído en toda la casa. Especialmente, a sir Gregory gritándole a Darius que no tenía un ápice de decencia y que, si no se marchaba, le echaría con sus propias manos. Poco tiempo después, Darius y Penny metían las maletas en el coche y se iban. Él siempre ha sido la oveja negra de la familia, entre otras cosas debido a su afán por las mujeres. Me atrevo a decir que mucha gente se alegrará de que haya desaparecido.

«Lo entiendo perfectamente», pensó Chloe. Darius, estando comprometido, había intentado seducirla a ella deliberadamente. «¿Por qué?», se preguntó, sintiendo náuseas al imaginárselo con Penny en la misma cama donde le había hecho el amor a ella horas antes. ¿Cuántas mujeres podía desear al mismo tiempo?

Debía estar agradecida de que algo hubiera aludido a su conciencia cuando ella le había confesado que era virgen. Tal vez, en el fondo él conservaba algo de decencia.

«Bella mía... ¿Sabes lo preciosa que eres?». Se estremeció al recordar las palabras de él. Nada de lo que había hecho o dicho iba en serio. Solo habían sido medios para alcanzar un fin, para divertirse durante un rato. De no ser con ella, habría sido con cualquier otra, pero alguien con experiencia. Por eso la había rechazado.

–Es hora de comer –anunció tía Libby colocando una ensalada en la mesa y sacando una quiche del horno.

Chloe tuvo que sentarse a la mesa y escuchar la conversación, obligándose a comer aunque fuera lentamente.

–Creo que Penny Maynard ha perdido el juicio –señaló tía Libby–. ¿Cómo podía no ser feliz con un hombre como Andrew? ¿Y qué tipo de vida espera junto al vividor de su hermano?

«Ella no era feliz, ¿es que nadie se da cuenta?», pensó Chloe. Siempre estaba tensa, como a punto de romperse.

Tío Hal se encogió de hombros.

–Tal vez era una aventura que querían mantener en secreto, pero se descuidaron. Sea como fuere, ahora solo se tienen el uno al otro.

Chloe, se separó de la ventana. ¿Realmente estaban juntos? ¿Por qué Penny no había acudido a The Hall con Darius? ¿Ya no había nada entre ellos, o la clemencia de sir Gregory solo se extendía al hijo pródigo?

¿Y eso qué importaba?, se dijo mientras se enjugaba las lágrimas y regresaba a la cama. «Aquello fue hace mucho tiempo, y ahora somos diferentes. Sé cuál va a ser mi futuro y con quién voy a pasarlo. Probablemente, Darius también», añadió ahuecando la almohada, «y si la elegida resulta ser Lindsay Watson, al menos su padre lo aprobará».

Tardó en dormirse y, cuando por fin lo hizo, se vio atormentada por sueños que durante mucho tiempo le habían dado problemas: sueños en los que la aprisionaban lazos de seda, mientras las manos y la boca de un hombre exploraban su cuerpo con sensualidad.

Despertó bañada en sudor y presa del deseo. Las seductoras palabras de Darius aún retumbaban en sus oídos.

«Prohibido adentrarse en el baúl de los recuerdos», se advirtió sombría.

–Así que van a celebrar otro Baile de Cumpleaños –dijo la señora Thursgood con desdén–. Yo diría que están buscando problemas. ¿Quién se fugará esta vez con quien no debería?

Chloe, manteniendo la compostura, le entregó su carta.

–Para Francia, por favor.

–¿Buscas trabajo allí?

–No, tengo a una amiga trabajando en la Riviera.

«No es asunto tuyo, fisgona. Pero prefiero hablar de Tanya que del baile».

La mujer era incansable.

–Darius Maynard lleva un tiempo en Londres. No sé cómo hace su padre para prescindir de él. pero siempre está viajando de aquí para allá. Seguramente, tendrá a una amiga allí.

Chloe, consciente de que la cola a su espalda aumentaba, se mordió los labios hasta hacerse sangre, y se concentró en Tanya.

Su amiga le había escrito una postal contándole que hacía mal tiempo y que pasaba casi todo el tiempo sola con los pequeños, que estaban volviéndola loca.

«El problema es que no puedo animarla», se lamentó Chloe, pagando los sellos. Le había costado un gran esfuerzo intentar sonar positiva y alegre en su respuesta, cuando había tantas cosas que no podía contarle, como el baile en The Hall dentro de dos días. Al cual Darius tal vez acudiera... o tal vez no.

Por fin, había escrito a su amiga:

*Aquí está siendo todo un torbellino. He estado montando a caballo, paseando a un perro y retomando el ritmo del pueblo. A mi tío le queda poco para jubilarse, y he estado ayudándoles a redecorar la casa con vistas a su venta.*

Había hecho una pausa y, tras mordisquear un extremo del bolígrafo, había añadido:

*Cuando vuelva a poner los pies en el suelo, Ian y yo nos sentaremos con calma y fijaremos una fecha para la boda.*

¿Realmente lo harían? Se veían un par de veces a la semana, pero su relación seguía preocupantemente parada. Ni siquiera había atisbos de que fuera a invitarla a su casa. Ian había indicado que necesitaban recomenzar su relación, pero iban muy lentos, cuando ella lo que quería y necesitaba era que la estrechara en sus brazos.

Deseó poder confiarse a Tanya, pero temía que al escribir sus preocupaciones parecieran más serias de lo que realmente eran. Después de todo, el matrimonio era para toda la vida, e Ian solo estaba siendo juicioso por los dos, asegurándose de que estaban convencidos del paso.

Un día, cuando él no estuviera de guardia, o reunido, o jugando al squash, ella tomaría la iniciativa y se acercaría a su casa con unos buenos filetes y vino para dos.

–He oído que The Grange va a ponerse en venta

pronto –comentó la señora Thursgood–. Así que tú también tendrás que mudarte, imagino.

–Tengo tiempo de sobra para organizar mis planes –replicó Chloe fríamente, y se despidió.

A salvo en el exterior, inspiró hondo. Ir a la oficina de Correos resultaba demoledor. Sería maravilloso cuando le restregara el anillo de compromiso en las narices a la fisgona de la señora Thursgood. No era una ambición noble, pero esa mujer sacaba lo peor de ella.

Se dirigió lentamente hacia su coche. Tenía pensado acercarse a The Hall, como había hecho cada día desde la partida de Darius hacía semana y media, para ejercitar a Orion. Pero los comentarios de la señora Thursgood acerca de por qué Darius iba a Londres la habían enfurecido. Cosa que no debería suceder, cuando no paraba de repetirse a sí misma que su ausencia era un alivio. Como si, con no verlo, fuera a olvidarlo.

«No es asunto mío lo que haga», se dijo. «Él tiene sus propias reglas, siempre ha sido así. Y soy la menos indicada para sentirme herida por su comportamiento».

En los últimos tiempos, cuando sacaba a Flare o iba de compras a East Ledwick, había visto repetidas veces a Lindsay Watson caminando sola, cabizbaja, encorvada y pensativa. Y no parecía muy feliz. Podía imaginar por qué: la salud de sir Gregory mejoraba cada día, lo cual significaba que pronto Lindsay tendría que buscarse otro empleo. Y, si albergaba esperanzas de casarse con Darius, le quedaba poco tiempo, sobre todo dadas las continuas visitas a Londres de él. Quizás ella también sospechaba qué le atraía de allí.

«Tal vez debería sentir empatía hacia ella, pero no puedo. Además, tengo mis propios problemas».

Cuando llegó a la cuadra, le sorprendió ver a Samson fuera del box, ensillado pero bien sujeto para que no se moviera. Era evidente que al animal no le gustaba esa restricción.

«Qué magnífico desafío», pensó Chloe con cierta nostalgia.

–¿Voy a montarlo hoy? –le preguntó a Arthur emocionada.

–Ni en sueños, jovencita. El señor Darius me advirtió antes de partir que no te permitiera ni acercarte a este condenado demonio.

–¿De veras?

–Sí, señorita, y lo dijo muy en serio, así que ya puedes borrar esa expresión de tu rostro. Además, Samson parte mañana hacia Irlanda, a servir como semental. No lamentaré su partida –aseguró el hombre–. Tim Hankin, el hijo mayor del guardabosques, ha estado viniendo cada tarde para ejercitarlo; hoy vendrá antes porque tiene que reincorporarse a filas. Le envían de nuevo a Afganistán.

–Creo que no le conozco...

–Es un buen chico, aunque tuvo una adolescencia salvaje. El señorito Darius, que era su amigo, tuvo que rescatarlo de todo tipo de problemas, algunos peores que otros.

Chloe elevó la barbilla.

–Tal para cual –dijo con frialdad.

–¿Eso crees? –replicó Arthur sombrío–. Entonces no conoces al señorito Darius tan bien como supones. Voy a terminar de prepararte a Orion.

Chloe se apoyó en la pared y observó a Samson, cada vez más aburrido e irritable. Un caballo increíblemente rápido y que saltaba como un ángel, así lo había descrito Darius en el restaurante aquella noche. Y lo enviaban a Irlanda, así que ella no tendría otra oportunidad de montarlo.

«¿Cómo se ha atrevido a decirle a Arthur que me lo impida, como si fuera una novata a quien no se le puede confiar un caballo difícil? Les enseñaré a ambos que puedo montar de verdad. Pero no me alejaré mucho, solo hasta el primer cercado y volver, para dejar claro que puedo hacerlo».

Se encaminó hacia Samson, y él le dio la bienvenida mostrándole los dientes.

–Vamos, precioso, muéstrame lo bueno que puedes ser.

Pero, conforme se acercaba más, él empezó a dar patadas al suelo y a agitar la cola, con los ollares muy abiertos. Chloe se detuvo e intentó sofocar su repentino miedo. «Es un animal peligroso e impredecible», pensó. Atributos que le habían atraído una vez en el pasado y casi le habían conducido al desastre.

Inspiró hondo. «Si sacas lo mejor de Samson, tal vez también puedas superar esta ridícula obsesión por Darius de una vez por todas. Tienes que demostrártelo a ti misma, si quieres tener alguna esperanza de futuro».

Cuanto más se acercaba, más se removía Samson, intentando soltarse para poder embestirla. Murmurando cualquier cosa con voz tranquilizadora, tanto para el caballo como para ella misma, Chloe llegó junto a él y le ajustó la cincha y los estribos. Entonces, como por arte de magia, Samson se quedó quieto e incluso relajó un poco la cabeza.

«Tal vez lo que necesita es un toque femenino», se dijo. Lo soltó del agarre con cuidado y se subió a la montura.

Durante un instante no sucedió nada, pero solo fue la calma anterior a la tormenta: relinchando furioso, Samson tensó sus poderosos músculos y se encabritó, en un intento de quitársela de encima. Luego brincó repetidas veces. Chloe se sujetaba con todas sus fuerzas, incluso a la crin. Toda su concentración estaba puesta en mantenerse sobre el caballo, porque si lograba tirarla, además la pisotearía.

Abrumada por su impotencia en mitad de tal furia, le pareció oír voces masculinas gritándole.

Alguien grande y fuerte sujetó las bridas al tiempo que Arthur se colgaba del otro lado, obligando a Samson a detenerse. Otro par de fuertes brazos la hicieron bajar sin miramientos y se la llevaron lejos de las peligrosas coces del semental.

Respirando entrecortadamente, aliviada, y asustada aún hasta el punto de no poder hablar, Chloe miró a Darius. Estaba pálido y sus ojos verdes echaban chispas.

–Maldita sea, ¿eres una suicida, o solo estás loca? –le recriminó él rechinando los dientes.

Chloe intentó explicarse, pero los nervios se lo impidieron. Aprisionada en aquellos brazos, tuvo que soportar una furia mucho peor que la de Samson.

Sin poder contenerse más, se echó a llorar. Darius aflojó su prisión.

–Cielo santo –dijo, y miró hacia los custodios de Samson–. Tim, el coche de la señorita Benson está fuera. Llévala de regreso a The Grange. Tú y yo nos veremos dentro de una hora en Butchers Arm para una copa de despedida.

Chloe iba a decir que podía conducir, intentando conservar algo de dignidad tras aquella situación, pero la mirada de él la hizo enmudecer.

Según salieron de la finca, Tim habló.

–No se tome demasiado en serio lo que Darius le ha dicho, señorita Benson. Sí, usted ha hecho una tontería, pero él es perro ladrador y poco mordedor, se lo digo por experiencia.

Chloe estaba enjugándose las lágrimas con unos pañuelos de papel sacados de la guantera.

–Nadie me había hablado así nunca, como si me odiara.

–El miedo hace actuar distinto a cada persona. Y conmigo fue mucho más duro, se lo prometo, porque me lo merecía.

–No me lo creo –dijo ella.

Tim llevó el coche al arcén y apagó el motor.

–No es algo de lo que esté orgulloso, pero tal vez necesita oírlo. Ocurrió hace mucho tiempo –empezó, con voz seria–. Darius y yo somos amigos desde pequeños. Él se marchó, primero al colegio y luego a la universidad, y yo estaba aburrido. Se esperaba que seguiría los pasos de mi padre, el guardabosques, pero yo no estaba seguro de que fuera lo que deseaba, así que me mezclé con malas compañías. Darius se enteró, como siempre, y descubrió a qué se dedicaban. Yo no quería involucrarme porque sabía que era ilegal y además una vileza, pero no sabía cómo salir de allí. Sabía el tipo de gente que eran y lo que me harían si lo intentaba.

Chloe ahogó un grito.

–¿Se dedicaban a las peleas de perros?

–Sí –respondió Tim pesadamente–. Darius sabía que la policía estaba siguiendo a la banda que las organizaba. También sabía cómo reaccionarían mis padres si me encontraban entre ellos, y fue a buscarme.

Consiguió sacarme de allí, Dios sabe cómo, y me trajo de vuelta a casa, evitando a la policía que estaba por todas partes. Se arriesgó de lo lindo por mí. Cuando ya estábamos suficientemente lejos como para sentirnos a salvo, me llamó de todo y me golpeó hasta tumbarme. Yo ni siquiera me defendí, sabía que me merecía eso y mucho más. Luego, hablamos largamente, y al día siguiente me llevó a una oficina de reclutamiento y me uní a un regimiento donde pudiera trabajar con caballos.

–El rumor que se extendió fue que Darius había sido el responsable de las peleas de perros –señaló ella.

–Lo sé, y lo siento. A él nunca le importaron los chismorreos ni la opinión de los demás –dijo Tim–. Yo podría haber terminado en la cárcel, señorita Benson, y usted podría haberse roto el cuello. ¿Cómo soportaría Darius vivir con eso? Piénselo.

Encendió el motor.

–Y ahora, la llevaré a casa.

# Capítulo 10

PAPELEO? ¿Tienes que ponerte al día con el papeleo? No puedo creerlo, Ian –dijo Chloe.

–Iré a la maldita cena esta noche –aseguró él, nervioso–. Tan solo no podré recogerte antes. Pero puedes ir con tus tíos, no es un problema, ¿verdad?

–Por supuesto que no –contestó ella haciendo un esfuerzo.

«Ese no es el asunto», quiso gritarle. «Quiero llegar contigo, como una pareja, y no enfrentarme a Darius yo sola. Confiaba en que estarías a mi lado desde el principio. Pero no puedo decírtelo sin tener que confesarte mi estupidez de intentar montar a Samson. Tal vez Darius tenía razón y perdí el juicio. Pero no puedo soportar que nadie más lo sepa, especialmente mis tíos».

Ellos no se encontraban en casa cuando había regresado el día anterior. Una nota explicaba que habían ido a East Ledwick para hablar con una inmobiliaria, y que tenía la comida preparada.

Solo pudo tomarse unas cucharadas de sopa. Aún temblaba después del riesgo al que se había sometido y la consecuente escena junto a la cuadra. No podía dejar de llorar. Por más que se decía que Darius no tenía derecho a hablarle así, en el fondo sabía que era culpable y se merecía todas esas palabras.

Pensó en inventarse alguna enfermedad para evitar acudir a la cena, pero estaba convencida de que Darius reconocería la mentira, así que no dijo nada. La perspectiva de tener que soportar su desdén cuando se encontraran era más de lo que podía soportar.

La batalla con Samson la había dejado agotada a nivel físico y mental, por lo que cuando recogió después de comer, fue a su habitación y se permitió un largo baño caliente.

El agua relajó su cuerpo y liberó su mente: recordó lo que Tim Hankin le había contado sobre las peleas de perros y el papel de Darius, contrario a todo lo que se contaba popularmente. Tal vez lo había juzgado precipitadamente, pero seguía habiendo muchas otras cosas de las que sí era culpable, de pronto no se había convertido en un ángel. «Deja de excusarlo».

Encontró unas pastillas de árnica en el botiquín y recordó cuando él se las entregó.

«¡Deja de pensar en él!», se instó.

Necesitaba distraerse, y el trabajo físico solía ser una gran diversión. Recordó que tía Libby había dicho que había que limpiar el jardín delantero de hierbajos. Así que, se puso ropa vieja y manos a la obra.

Sus tíos agradecieron enormemente su labor, especialmente dado que la semana siguiente acudirían tres profesionales a tasar la finca.

Durante la cena, le preguntaron acerca de sus planes y ella no pudo decirles nada. «Ya es hora de que Ian y yo nos dejemos de tonterías», se dijo al regresar a su habitación. Había aducido que estaba agotada tras el trabajo en el jardín y quería acostarse temprano, para poder retirarse y así evitar preguntas. «Si hubiera tenido que programar mi propia boda, no me habría quedado tiempo para ejercitar los caballos de otros, y me habría ahorrado muchos problemas».

Contrariamente a lo que esperaba, durmió profundamente, y al día siguiente despertó decidida a ser positiva.

–Voy a ir a la peluquería para la cena de esta noche –anunció tía Libby en el desayuno–. ¿Te pido hora?

Chloe negó con la cabeza.

–No, gracias. Me lo lavaré yo y me lo dejaré suelto, como le gusta a Ian.

Su tía la miró de reojo y volvió a concentrarse en su plato.

–Como desees, cariño. Supongo que él te llevará a The Hall esta noche.

–Por supuesto.

Salvo que no lo haría, así que además de desilusión, sentía cierta vergüenza.

Su tío llegó más tarde de lo habitual y se disculpó.

–He estado en The Hall por si había que suministrar calmantes al condenado caballo de Andrew Maynard para que entrara en el camión. Pero Darius ha contratado a un par de mozos del criadero de Irlanda, que se han ocupado de todo.

A Chloe se le aceleró el pulso.

–He oído que Samson se marcha –comentó, intentando sonar despreocupada.

¿Le habrían contado lo ocurrido el día anterior?, se preguntó inquieta. Pero su tío se sirvió la cena con normalidad, como si no supiera nada.

Sin embargo, eso no hizo más atractiva la perspectiva de la cena.

Al menos, Chloe se sentía razonablemente satisfecha con su apariencia. Llevaba uno de sus vestidos preferidos, que realzaba sus curvas: de textura sedosa, manga larga, falda hasta la rodilla y escote generoso. Se había pintado las uñas y los labios a juego, y lucía unos pendientes de granates y perlas que le habían regalado por su mayoría de edad.

«Colores de guerra», pensó irónicamente al contemplarse en el espejo. Se disculparía por lo ocurrido el día anterior si surgía la oportunidad, pero cruzaba los dedos para que no fuera así. Le hubiera gustado agradecer que no se hubiera mencionado su estupidez. Pero no se sentía agradecida, solo inquieta. Y, a pesar de todos sus esfuerzos, esa sensación no desaparecía.

Chloe había confiado en que Ian acabaría pronto con el papeleo y estaría esperándola en The Hall. Pero, al no encontrarlo en el salón de baile, le dio un vuelco el corazón.

–Ian, ¿dónde estás cuando te necesito? –murmuró entre dientes.

Sir Gregory estaba sentado junto a la chimenea, elegantemente vestido con una chaqueta de esmoquin de terciopelo verde, aunque la mitad de la cara, incluida la boca, estaba medio caída. Además, parecía haber encogido. O tal vez simplemente parecía más pequeño al lado del hombre alto con traje gris y fajín a su lado. Que justo se acercó a ellos.

–Señora Jackson, señor Jackson, es un placer verlos de nuevo –dijo, estrechándoles las manos.

A continuación, se fijó en su sobrina, que esperaba en silencio detrás de ellos.

–Chloe –saludó, junto con una educada inclinación de cabeza.

–Buenas noches –consiguió articular ella, y se apresuró a saludar formalmente a sir Gregory y a otros miembros relevantes del pueblo para mantenerse alejada de él.

Pasado eso, y mientras bebía un zumo de naranja, se sintió más cómoda. Aunque solo podría relajarse apropiadamente cuando apareciera Ian. El cual estaba tomándoselo con calma, así que solo podía esperar que llegara antes de la cena.

Vio abrirse la puerta del salón y se giró esperanzada, pero la que entró fue Lindsay Watson. Llevaba el uniforme de enfermera, en azul marino con el cuello y los puños en blanco, y el cabello recogido en un severo moño. Parecía una enfermera tranquila y eficiente, pero le brillaban los ojos y tenía las mejillas encendidas. ¿Por qué se sonrojaba si pretendía ser la siguiente lady Maynard, y todo el mundo en la sala lo sabía?, se preguntó Chloe, bebiendo para aliviar la repentina sequedad de su garganta.

La vio dirigirse directa hacia sir Gregory e inclinarse solícita a su lado. El anciano sonrió con esfuerzo.

–¿A qué juega Ian? –preguntó tío Hal molesto, acercándose a Chloe–. Le he telefoneado, pero no tengo cobertura.

–Saldré a la terraza y le mandaré un mensaje –propuso ella–. A lo mejor está atendiendo una urgencia.

–¿Y por qué no nos ha avisado?

Era una pregunta de lo más lógica, pero Chloe no supo qué responder.

Salió a la terraza, y justo había empezado a escribir el mensaje, cuando oyó pasos en la gravilla y vio a Ian acercándose por el jardín en la planta baja, con rostro triste y preocupado.

Chloe se inclinó sobre la balaustrada.

–¡Ian! –lo llamó–. ¿Dónde te habías metido? ¿Y cómo es que vienes por este camino?

Él elevó la vista, sorprendido.

–¡Chloe! –exclamó, y rio nervioso–. Se me olvidó que era un acto social y he aparcado junto a los establos. La fuerza de la costumbre.

–Al menos has venido. Estaba empezando a preocuparme.

Él se encogió de hombros a la defensiva.

–Estaba ocupado. He perdido la noción del tiempo.

–Lo entiendo –dijo ella.

«Salvo que no es así. No comprendo nada, y estoy más asustada ahora que antes. Necesito que me abraces y me digas que todo va a ir bien. Necesito regresar al salón de baile de tu mano y bromear diciendo que te habías perdido. Pero sé que eso no va a suceder. Estoy sola aquí».

Recordó la mirada fría de Darius y reprimió un escalofrío. Elevó la barbilla.

–Entremos a cenar.

Tal y como era costumbre en las celebraciones de The Hall, la comida fue un sueño, incluso hizo olvidar a Chloe por un rato la incomodidad que la atenazaba.

Ian estaba sentado frente a ella, junto a Lindsay Watson. Ambos parecían tener poco que decirse, advirtió Chloe con cierta preocupación, pero se le pasó al ver que Ian hablaba animadamente con su otra compañera de mesa, la señora Burton. También reparó en que estaba bebiendo más vino del conveniente.

Darius parecía igualmente ocupado en el extremo

de la mesa, con tía Libby a un lado y la señora Vaughan al otro. Sin embargo, Chloe sabía cuándo la miraba, porque sentía un cosquilleo. Intentó ignorarlo y no se permitió devolverle la mirada ni una vez.

Pero no podía dejar de pensar en la conversación que había oído entre él y Lindsay cuando se dirigían a cenar.

–¿Por qué el uniforme? Se suponía que esta noche no trabajabas.

–Me ha parecido lo más apropiado, dadas las circunstancias –había respondido ella sin mirarlo.

Claramente, él había esperado que se presentara como su futura esposa en lugar de como la cuidadora de su padre, pensó Chloe nerviosa.

Al terminar la cena, sir Gregory se disculpó por retirarse temprano y los instó a divertirse.

Chloe subió junto con el resto de mujeres a retocarse el peinado y el maquillaje y, al bajar, encontró a Darius esperándola. Se detuvo en seco, desconcertada, y luego retomó la bajada ante aquella sonrisa sardónica.

–Mi padre está descansando en la biblioteca –anunció–. Le gustaría hablar contigo, si puedes dedicarle unos minutos.

–¿Quiere verme? –repitió ella atónita.

–Eso he dicho.

Chloe jugueteó nerviosa con su bolso de mano.

–¿Va a regañarme también por lo de Samson?

–No, por Dios. Ni se lo he mencionado. ¿Por quién me tomas?

–Creo que ya no te conozco –replicó ella, e inspiró hondo–. Ahora que tengo la oportunidad, aprovecho para decir que lamento haberlo montado. Sabía que no debía hacerlo.

–Cierto, pero tú no tienes toda la culpa. Cuando te enteraste de que era yo quien lo impedía, fue como enseñarle un pañuelo rojo a un toro, según Arthur, que se arrepiente de habértelo dicho.

–Así que ahora soy un toro –fingió protestar ella–. Gracias por no contárselo tampoco a mi tío, ni a nadie.

–El asunto no saldrá de esta casa. Nunca he sido un delator.

–Ya –murmuró ella–. Tim me ha contado lo que hiciste por él, sobre las peleas de perros.

–¿Te lo ha contado? –dijo él, y se encogió de hombros–. No importa, eso fue hace mucho tiempo.

–Sí, pero la gente creyó que eras tú el implicado, no Tim.

–Así fue, pero me las apañé para vivir con ello –replicó él, con una leve sonrisa–. O más bien, lejos de ello.

–¿Qué quieres decir?

–Eso me convenció de que Willowford no era para mí, y que mi lugar estaba en otro lado.

–Pero ahora has regresado.

–De momento –puntualizó él, impacientándose–. Estamos haciendo esperar a mi padre.

A pesar de no ser una noche fría, sir Gregory llevaba una manta sobre las piernas y estaba sentado junto a la chimenea.

–Aquí está Chloe, padre –anunció Darius suavemente.

–Muy bien. Por favor, querida, toma asiento.

Conforme ella se sentaba, Darius se marchó, dejándolos a solas. Hubo un silencio, y luego habló sir Gregory.

–Mi esposa solía decir que te convertirías en una belleza, y tenía razón.

–Siempre fue muy amable conmigo –contestó ella, ruborizándose.

–Tenía grandes esperanzas respecto a ti. Creía que debías tener la opción de desplegar tus alas. Creo que te habló de su vida de joven, las ciudades y embajadas que fueron su hogar, ¿cierto?

–Sí –respondió Chloe, sonriendo–. Hacía que todo pareciera maravilloso.

–Le encantaba viajar. Puede que no fuera consciente de lo mucho que significaba para ella –añadió, lentamente–. Cuando nos casamos, planeamos continuar esa vida, conocer el resto del mundo juntos. Pero mi padre murió repentinamente y nos vimos obligados a regresar aquí. Por supuesto, todo cambió. Una finca como esta supone una serie de responsabilidades, no podíamos marcharnos sin más cuando nos complacía. O eso creía yo. Nací y crecí aquí y, aunque sabía que este lugar no tenía nada que ofrecerme, era mi hogar y lo amaba.

Suspiró y continuó:

–Entonces nacieron los chicos, otra razón para construir nuestra vida alrededor de la casa que estábamos construyéndonos aquí. Creí que Margaret compartía mi felicidad, pero a ella le agobiaba la vida de pueblo y sus obligaciones, estar en el punto de mira... Willowford empezó a resultarle una prisión.

Chloe se removió inquieta.

–Sir Gregory, no creo que...

Él la hizo callar con un gesto de la mano.

–Por favor, querida, mi esposa habría deseado que te contara estas cosas. Tú ampliaste tus horizontes cuando fuiste a la universidad, y después también, tal y como ella esperaba. Volaste lejos de este pequeño mundo. Pero mi hijo me ha dicho que has regresado para casarte y asentarte aquí. Es vital que te asegures de que es la vida que realmente deseas –le advirtió–. Creo que hace tiempo querías ser escritora, ¿ese anhelo pasó al olvido?

Chloe se lo quedó mirando, cada vez más nerviosa.

–No del todo –contestó, con voz entrecortada–. Pero siempre puedo escribir una vez casada. Entonces tendré más tiempo. Y Willowford es el único hogar real que he tenido. Siempre tuve intención de volver.

Él se inclinó hacia delante y la miró intensamente.

–¿Y sigue como recordabas, o ha cambiado? ¿Y tú? ¿Eres la misma persona que se marchó?

–Sí, lo soy –respondió con voz ronca–. Admito que las cosas por aquí han cambiado, pero eso no importa porque he venido a reencontrarme con el hombre que amo y a ser feliz junto a él, tal y como siempre he soñado.

Hubo un silencio, y el hombre se recostó sobre los cojines a su espalda. Giró la cabeza lentamente y contempló el fuego en la chimenea.

–Entonces, que tus sueños se hagan realidad, querida. Buenas noches.

Chloe salió, pero se quedó de pie junto a la puerta de la biblioteca, abrazándose a modo de consuelo, mientras intentaba encontrar sentido a lo que acababa de suceder. Ella creía que sir Gregory apenas sabía de su existencia, pero le había hablado como si supiera y además le preocupara.

Igual que había hecho lady Maynard, una mujer a

quien el deber le había cortado las alas. Siempre había sentido nostalgia del amplio mundo que había dejado atrás.

«Yo no soy así», se dijo Chloe. «Yo no quiero escapar, porque pertenezco aquí, ¡pertenezco aquí!», se repitió.

–Chloe...

La gruesa alfombra había disimulado los pasos de Darius. Chloe ahogó un grito y dio un paso atrás.

–Sé cómo regresar al salón –le espetó, con el corazón desbocado–. No tienes que venir a buscarme.

–He venido a traerte un mensaje –replicó él–. Tu novio no se sentía muy bien después del segundo brandy, así que tus tíos se lo han llevado a casa. Podrá recoger su coche mañana.

–¿Ya se han marchado? –inquirió ella, preocupada por el comportamiento de Ian y por algo más–. Entonces, ¿cómo voy a regresar a casa?

–Los Vaughan viven cerca de ti, se han ofrecido a acercarte.

–Gracias –dijo ella, perpleja.

Debía regresar al salón, a la seguridad de estar con más gente, pero él se hallaba en su camino, demasiado cerca para sentirse cómoda. Inspiró hondo.

–Ian no suele beber más de la cuenta –aseguró–. Ha estado sometido a mucho estrés últimamente.

–Sin duda, a causa de su cada vez más cercana boda –señaló él suavemente.

«Esto es demasiado», pensó ella, furiosa.

–Tal vez tú también te veas tentado a emborracharte cuando llegue tu día, ¿quién sabe?

–No lo creo. No me interesa pasar la noche de bodas con resaca.

Sonrió, y paseó la mirada por su cuerpo como si la desnudara.

–Todo lo contrario, mi esposa recibirá mi total atención –añadió.

–Esa información sobra –señaló Chloe, y dio un paso adelante–. ¿Me disculpas? Tengo que encontrar a los Vaughan, no puedo perder otra opción de volver a casa.

–Por supuesto, pero ¿qué vas a hacer cuando no tengas más lugares a los que escapar, o gente que te rescate? ¿Qué ocurrirá cuando te des cuenta de que has cometido el error más grande de tu vida?

–Eso ya lo hice –le espetó ella secamente–. Hace siete años, cuando fui tan tonta de escucharte, de permitir que te acercaras a mí.

–Eres una exagerada, cielo –dijo él con desenfado, pero expresión seria–. Si hubo algún daño, no fue irreparable. Y yo fui el mayor tonto por dejarte escapar tan a la ligera. La próxima vez no será así.

–¿La próxima vez? –dijo ella, y forzó una carcajada–. ¿Has perdido el juicio?

–Aún no –aseguró él–. Pero cuando lo haga, te llevaré conmigo.

La agarró del brazo y la atrajo hacia sí. Le desnudó un hombro y comenzó a besarlo. Apretó su virilidad contra ella, encendiéndola. Luego, apartó el escote y comenzó a lamerle y succionarle el pezón.

–No... Dios mío... –pronunció Chloe sin saber cómo.

Intentó separarse antes de traicionarse a sí misma por completo.

Él hundió los dedos en su cabello e hizo que lo mirara.

–Quédate esta noche conmigo. Me inventaré alguna excusa para los Vaughan –propuso con voz ronca.

–No –se negó ella, arreglándose el vestido con manos temblorosas–. Nunca. No tienes ningún derecho a pedírmelo. ¡Te odio!

–En otras circunstancias, te llevaría a la cama ahora mismo y te haría retirar cada palabra que has dicho –afirmó él con suavidad–. Pero debo atender a mis invitados, mi pequeña hipócrita. Espero que hayas pasado una velada agradable, y que disfrutes tanto o más la noche de insomnio que te espera.

E inclinándose, la besó suave y lentamente, algo peor que si la hubiera forzado.

–Hasta que volvamos a vernos, Chloe –dijo, y se marchó.

# Capítulo 11

NO ESTABA borracho –dijo Ian con irritación–. Aunque quizá sí muy contento. Pero no fue culpa mía, nuestros anfitriones no paraban de llenarme la copa.

«Podrías haberla tapado con la mano, como hizo el resto de conductores», pensó Chloe.

–No estoy enfadada, de veras, solo decepcionada de que no pasáramos más tiempo juntos. Te veo tan poco últimamente...

–Con la jubilación de tu tío a la vuelta de la esquina, supongo que es inevitable –se defendió él–. Tengo mucho que aprender acerca de la gestión de una oficina, para empezar.

¿Y además de eso? Parecía más sabio no continuar por ese camino, las palabras burlonas de Darius acerca de la posible causa del estrés de Ian aún resonaban dolorosas en su interior. Aunque prefería pensar en ellas que en el increíble momento en sus brazos... y la amenaza velada al despedirse, que aún le daba escalofríos.

Después del citado episodio, Chloe fue al aseo del piso inferior y se humedeció las muñecas, en un intento de calmar su pulso acelerado. Poco podía hacer con sus mejillas encendidas y el brillo de sus ojos.

Cuando regresó al salón, la fiesta estaba terminando, por lo que su desaliño pasó inadvertido entre las despedidas.

Esperaba enfrentarse al enfado de su tío Hal acerca de la conducta de Ian al regresar a The Grange pero, para su sorpresa, ni él ni tía Libby mencionaron el asunto. Prefirieron comentar la deliciosa comida y la mejora indudable de la salud de sir Gregory.

Imaginó que Ian se tragaría su orgullo cuando volvieran a verse, pero también se equivocó respecto a eso.

La presión del trabajo había reducido el poco tiempo que estaban juntos. Habían quedado a tomar una copa un par de veces, cenado en East Ledwick una vez, e ido al cine, donde Ian se había quedado dormido.

Visto lo visto, no parecía el momento apropiado para hablar del compromiso pospuesto, aunque el asunto no podía alargarse indefinidamente. Después de todo, había regresado a Willowford por él y, en aquel momento más que nunca, necesitaba la seguridad de lucir su anillo de pedida y una declaración pública de compromiso que justificarían su regreso.

Eso también bastaría para mantener a raya a Darius, a nivel físico y mental, recordando las vergonzosas fantasías que la habían tenido despierta toda la noche, tal y como él había predicho.

Además, en menos de diez días tendrían que superar la dura prueba del Baile de Cumpleaños, con todos los recuerdos que despertaba, y que ella daría por olvidar.

«No puedo mirar atrás. No debo permitirle que se me acerque nunca más. Tengo que planear mi futuro y olvidarme de lo demás, incluyendo las extrañas palabras de sir Gregory de anoche».

¿Por qué de pronto parecían tan importantes?

–He oído que esa joven enfermera se marcha de The Hall debido a la mejoría de sir Gregory –comentó la señora Thursgood, y sonrió con malicia–. No lamentarás su partida, me atrevo a decir.

–Me alegro de que sir Gregory esté suficientemente bien para no necesitar a nadie –contestó Chloe lentamente, consciente de que el corazón le había dado un vuelco ante las noticias.

–Y eso no es todo: la viuda del señorito Andrew regresa –añadió la mujer, satisfecha al ver el efecto de su bomba informativa–. Estará aquí pasado mañana para el baile. ¡Menuda sorpresa! Nunca creí que volveríamos a verla. Parece que todo está perdonado y olvidado. Y tal vez tengamos otra boda, si el señorito Darius decide hacer lo correcto con ella.

–Sí, tal vez –dijo Chloe, con una voz que no reconoció.

Pagó su compra como una autómata y salió. Fuera hacía un sol implacable. Soltó a Flare del lugar donde estaba sujeta.

Penny ya no era una maldita y regresaba a Willowford para estar con su amante, el hombre por quien una vez lo había abandonado todo, pensó estupefacta. Para ser aceptada de nuevo como la nuera de sir Gregory. No podía ser cierto.

Pero si lo era, si lo increíble iba a suceder, no le extrañaba que Lindsay Watson hubiera decidido marcharse de allí.

«Yo no puedo imitarla», pensó como atontada, con la vista clavada en el suelo mientras se encaminaba a los campos que la perra adoraba. «Tengo que quedarme aquí y ser testigo de lo que sucede. Tendré que vivir sabiendo que Darius y ella están juntos y felices. Como tal vez hayan estado todo este tiempo».

«Cielo santo, verme enfrentada a ello cada día y tener que fingir que no me importa... Intentar creérmelo yo misma... ¿Qué voy a hacer? ¿Cómo podré soportarlo?».

Se detuvo de pronto, horrorizada por la enormidad de lo que acababa de descubrir: el hombre de quien se había enamorado siete años atrás, el hombre a quien siempre había deseado, a pesar de todo lo que había hecho... ¡era Darius Maynard! Siempre había sido él y siempre lo sería.

Sus esfuerzos por olvidarlo habían sido en vano. Había regresado a Willowford por él, porque algún día sabía que lo encontraría allí.

«Debo de estar loca», pensó con desesperación. «Esto no puede estar pasándome. No lo permitiré. He regresado para estar con Ian y fundar un hogar con él. Ese era mi plan de vida, ¿o no? Me sentía segura sabiendo que él me esperaba, que podía confiar en él para que todo saliera bien. Me decía a mí misma que lo amaba, que me importaba, y que nunca tendría que preocuparme de que volvieran a herirme».

Inspiró hondo, dándose cuenta de que había considerado como certezas todas esas esperanzas y se había escondido tras ellas. Sin querer afrontar la verdad de sus sentimientos más íntimos.

Aunque en realidad, ¿habían sido tan secretos?, se preguntó, repasando la conversación con sir Gregory.

¿Conocía él su breve relación con Darius siete años atrás, y había intentado advertirla de que no lograría nada y era mejor que se alejara?

A juzgar por su manifiesta desaprobación hacia Darius, tía Libby también debía de haberlo adivinado, y se había esforzado por proteger a su sobrina de que le rompieran el corazón.

¿Penny también lo sabría, y tal vez habría animado a Darius a fijarse en una casi adolescente para ocultar lo que realmente sucedía entre ellos dos?

«Tal vez para Darius solo soy un asunto pendiente», pensó, sintiendo náuseas. «Una diversión mientras se reunía de nuevo con Penny».

Por lo menos, la triste situación parecía haber escapado de las antenas de la señora Thursgood, aunque eso no fuera mucho de agradecer.

Flare ladró y tiró de la correa, impaciente por continuar el paseo, sacando a Chloe de su ensimismamiento.

«Cielo santo, me he detenido en mitad de la carretera. Flare no se merece que la atropellen».

Cruzó hasta la otra acera y volvió a sumirse en sus preocupaciones.

«¿Qué voy a hacer?».

En una ocasión, había pensado en convencer a Ian para que se mudaran y comenzaran su vida en otro lugar. Cada vez existían muchas menos oportunidades de que accediera y además, una vez que había descubierto sus auténticos sentimientos, debería apartar a Ian del panorama.

«Le he dado esperanzas un tiempo demasiado largo, incluso con la mejor intención, y habría hecho todo lo posible para que Ian fuera feliz. Pero si realmente lo amara, no le habría tenido esperando todo este tiempo, habría querido entregarme a él. ¿Cómo no lo he visto? Le he tratado mal. Y ahora debo empezar a arreglar las cosas, por mi bien tanto como por el suyo».

«Mi siguiente prioridad será contactar con mi agencia en Londres para un trabajo a largo plazo en Europa, o incluso en Estados Unidos. Desligarme de todo esto completamente, y rezar para que el tiempo y la distancia hagan su trabajo».

«No quiero presenciar lo que ocurrirá aquí», pensó sombría. «Además, el hecho de que mis tíos se muden también me ayudará, porque me contarán noticias de otros lugares y otra gente».

Recordó que sir Gregory le había preguntado si ella era la misma persona que se había ido hacía siete años.

«Le he dicho que sí», pensó con amargura. «Lo cual es mi tragedia privada. Me quedé destrozada de amor por Darius la primera vez que me marché, a la universidad. Necesité un año para recuperarme y aplicarme en los estudios. Me sorprende que no me echaran».

«Él dijo la otra noche que me había dejado escapar fácilmente, pero eso no es cierto, porque casi me destruyó. Y ahora, aquí estoy, todavía le amo y vuelvo a exponerme a que se me parta el corazón. Ya ni siquiera tengo la excusa de ser una adolescente».

Flare la llevó hacia uno de sus prados favoritos. Chloe abrió la cancela, soltó la correa y dejó que la perra se adentrara en el terreno, mientras la seguía a un ritmo más lento. Llegó hasta un arroyo y se sentó bajo el único árbol que crecía en la orilla.

Flare se metió en el agua, salió y se sacudió vigorosamente, quedando lista para jugar con el muñeco que sabía que su cuidadora guardaba en un bolsillo.

«Ella es mucho más lista que yo», pensó Chloe, entre la risa y el llanto. «Sabe que la vida fluye. Algún día encontraré un lugar lejos de aquí con un árbol en el que apoyarme, y me sanaré. O eso es lo que tengo que creer. Entonces, tal vez esté preparada para un amor y una confianza que durarán el resto de mi vida».

Su vestido, de palabra de honor y falda de vuelo de tafetán verde, colgaba en la puerta del armario. Era lo último que había visto antes de dormirse, y lo primero que se encontró al despertarse la mañana del baile. Esa vez no parecería Elizabeth Bennet. Había sido terriblemente caro, y lucirlo sería algo excepcional, que no podría repetir. Tampoco tendría que hacerlo, porque dentro de veinticuatro horas todo habría terminado. Y la nueva Chloe Benson estaría preparándose una vez más para comenzar una nueva vida, habiéndose deshecho de las medias verdades y las decepciones de la antigua. Merecía la pena.

Aún tenía que solventar varios asuntos, como una larga conversación con sus tíos, aunque no pudiera ser completamente sincera acerca del motivo de su partida. Les diría que había cambiado de idea, lo que se aproximaba a la verdad.

Antes tendría que hablar con Ian; a pesar de las dificultades que habían atravesado desde su regreso, no le iba a resultar fácil. La noche anterior, habían quedado a tomar una copa y había sido como en los viejos tiempos, con Ian relajado y despidiéndose con ternura.

Chloe comprendió entonces por qué había creído

que su historia podía funcionar, aunque nunca le hubiera deseado sexualmente. Lo cual debería haber sido una señal.

El baile sería su última cita juntos, aunque ella no tenía derecho a presentarse en ningún sitio como su pareja, pensó. Ya no. Pero necesitaba bailar, reír y parecer una mujer sin problemas y con una vida llena de felicidad por delante.

La alternativa era inventarse que estaba indispuesta y quedarse en casa llorando. Pero ni se la planteó.

Necesitaba ver a Darius y Penny juntos, el futuro baronet y su esposa, para asumir de una vez por todas que no tenía esperanzas, y seguir adelante con su vida. Después de haberse despedido para siempre en silencio.

Sintió que se angustiaba y cerró los ojos, sacándose a Darius de la cabeza. Se enfrentaría a esa situación en su momento, no antes. Mientras tanto, pensaría en otras despedidas, en personas y lugares que echaría de menos. Y en Flare. Lizbeth Crane ya tenía mejor la muñeca, y su marido había regresado de Bruselas el día anterior, así que ya no necesitaban ayuda para pasear a la perra.

–Has sido un cielo. No sé qué habría hecho sin ti –le había dicho la señora Crane.

–El placer ha sido mío –había asegurado Chloe–. Nos vemos en el baile, ¿verdad?

–No nos lo perderíamos por nada –contestó la mujer, y la miró de forma extraña–. Aunque existen toda clase de rumores al respecto. Y algunos, de ser ciertos, resultarían devastadores para ciertas personas. Pero estoy segura de que no son más que mentiras y no hay nada de qué preocuparse.

Chloe se preguntó hasta dónde se habría extendido el rumor acerca de Darius y ella. Por lo menos no parecía haber llegado a oídos de Ian, pensó mientras se levantaba y se daba una ducha. Ojalá nunca se enterara. No quería aumentar el daño que iba a hacerle.

¿Por qué mantenía la ilusión de que eran una pareja? Era injusto. Había intentado convencerse de que lo necesitaba para acudir al baile en compañía. Era hora de afrontar la verdad: «Lo estoy utilizando», se dijo con tristeza, «y eso está mal. Debería tener el valor de decirle que se ha acabado entre nosotros y que, aunque sea mucho pedir, me gustaría que me acompañara esta noche; y dejar que él decidiera».

Tendría que arriesgarse a que se negara, aunque eso significara no acudir al baile.

–¿Trabaja Ian en la clínica esta mañana? –le preguntó a su tío, que estaba terminando de desayunar.

–No, me ha pedido el día libre sin decirme por qué, así que le cubro yo.

–Probablemente quiere descansar antes de esta noche de frivolidad –comentó Chloe con desenfado.

Resultaría más fácil hablar con él en su casa, aunque, irónicamente, sería su primera y última visita a la misma tras la redecoración.

–Siempre y cuando no beba con antelación para reunir coraje, como obviamente hizo antes de la cena en The Hall –añadió su tío secamente, y se marchó.

«Y siempre y cuando esta noche no se parezca en nada a aquella», pensó Chloe metiendo una tostada en el tostador.

Estaba terminando de desayunar cuando tía Libby entró nerviosa en la cocina.

–Los de la inmobiliaria han avisado de que van a traer una visita a las once, ¡y todo está patas arriba!

La casa estaba ordenada, igual que en las tres visitas anteriores, pero su tía necesitaba que estuviera inmaculada.

–Entonces, manos a la obra –dijo Chloe recogiendo su plato.

–Pero tienes cita en el salón de belleza en East Ledwick.

–Sí, a las once y media. Puedo ayudarte hasta que me vaya.

Lo cual implicaba que no le quedaría tiempo para pasarse por casa de Ian antes del salón de belleza. Tal vez sería mejor verlo al regreso, con la manicura, la pedicura y la limpieza facial haciéndole sentirse más confiada.

Fue maravilloso poder relajarse con los tratamientos de belleza. Para cuando terminaron, ya sabía exactamente lo que iba a decirle a Ian. Excepto que él no estaba en casa. «Debería haberle telefoneado antes», se dijo Chloe, regresando a su coche.

Lo primero que advirtió al volver a The Grange fue una pegatina de «Vendido» en el cartel que la inmobiliaria había puesto en el jardín.

–¡Qué buenas noticias! –exclamó al entrar–. ¿Habéis puesto a enfriar el champán?

Para su sorpresa, no obtuvo respuesta. Y cuando entró en la cocina, vio a tía Libby sentada, con la mirada perdida y una taza de café enfriándose en la mesa frente a ella.

«De pronto se ha dado cuenta de que ya no hay

vuelta atrás y de que irse de aquí va a ser más doloroso de lo que creía», pensó Chloe.

–Ya verás como va a ser para mejor, cariño. Encontraréis otra casa maravillosa –la consoló.

–No tiene nada que ver con la casa, Chloe –le cortó su tía, e inspiró hondo–. Ian ha estado aquí. Llegó justo cuando se marchaba la visita.

–Lo cual explica por qué no le he encontrado en su casa. Supongo que ha venido a decir a qué hora va a recogerme esta noche para ir al baile.

–No –dijo su tía–. No va a asistir. Se ha tomado una semana de vacaciones sin sueldo.

Se quedó en silencio y de pronto estalló.

–Chloe, corazón, se ha marchado con Lindsay Watson: van a casarse.

Ella la miró desconcertada.

–¿Ian y Lindsay? No entiendo.

–Los chismorreos acerca de ellos comenzaron al poco de que ella llegara –explicó su tía amargamente–. Pero no les hice caso. Ambos estaban solteros, así que pensé que solo eran ganas de ver cosas donde no las había. Pero los rumores persistieron. Entonces, anunciaste que regresabas, y parecías tan segura acerca de tu relación, que decidí no decirte nada. Tal vez ambos habíais decidido tener aventuras mientras estabais separados, son cosas que suceden en estos tiempos.

–Pues yo no lo hice.

«Y no por Ian, aunque yo creía que sí. Pero sí que deseaba solo a una persona».

–Yo sospechaba que las cosas no iban bien entre vosotros dos –continuó su tía–. No sabía si debía decir algo, pero no quería interferir, otra vez no. Ojalá lo hubiera hecho, aunque no tenía pruebas. Ambos han sido muy discretos.

Le entregó un sobre.

–Te ha traído esta carta –anunció, y se levantó–. Te dejaré a solas para que la leas.

–No hace falta. Ya sé lo que pone.

«Debería haberme dado cuenta desde el principio. Todo eso de volver a conocernos, los cambios en su casa, la hostilidad de Lindsay y el hecho de que Flare la conociera... ¿Cómo no lo vi?».

Recordó también el comentario de la señora Thursgood suponiendo que ella no lamentaría la marcha de Lindsay.

«Todos lo sabían menos yo. Y yo estaba demasiado ocupada pensando en mí misma como para darme cuenta de lo que ocurría».

El sobre contenía una sola hoja.

*Querida Chloe:*

*Sé lo que debes de estar pensando sobre mí, y no puedo sentirme peor de lo que me siento. Debería haberte contado desde un principio que había conocido a otra persona, pero nunca parecía el momento adecuado. Mi única excusa es que has estado lejos mucho tiempo, y me sentía solo.*

*Intentando no herirte, he acabado haciendo daño a Lindsay, que me dio un ultimátum antes de la cena en The Hall. Tuvimos una fuerte discusión y me dijo que me decidiera de una vez o desaparecería.*

*También dijo que no debería preocuparme demasiado por ti, porque está segura de que tienes otro pez al que pescar. Tal vez tú sepas a qué se refería.*

*En cualquier caso, te deseo que seas feliz.*

*Ian*

Chloe le tendió la carta a su tía.

–No hay nada privado, solo es una confirmación de lo que te ha dicho.

–Lo siento mucho, cariño –la compadeció su tía tras leer la carta.

–No lo sientas, esto es para mejor –dijo Chloe, poniendo el hervidor de agua a calentar–. Yo conservaba la imagen de Willowford como un refugio, donde todo seguiría igual, y donde podría regresar cuando quisiera y recuperar mi lugar. Como un Jardín del Edén en miniatura.

–Con la señora Thursgood como la serpiente –apuntó su tía.

–Cierto. Claro que nunca fue así, solo era un deseo mío. Además, últimamente he tenido mis dudas sobre asentarme aquí permanentemente –confesó, eligiendo las palabras con cuidado–. Así que tal vez Ian me ha hecho un favor.

–Me gustaría creerlo –dijo tía Libby triste–. Siempre has parecido tan segura de que él era tu hombre... Y en muchos aspectos, me alegraba por ti. Así justificaba mi intervención anterior, y me decía que había hecho lo correcto.

–Me temo que me he perdido. ¿Cuándo interviniste, y por qué?

Su tía se concentró en ordenar una pila de cartas.

–Él te escribió porque quería contactar contigo en Londres. Y como yo no le contestaba, regresó aquí.

Chloe se quedó muy quieta.

–Tía Libby, ¿estás hablando de Darius? –preguntó con voz ronca.

La mujer asintió.

–Dijo que se iba al extranjero enseguida, pero que tenía que hablar contigo antes. Que tenías que saber algunas cosas. Quería tu dirección, o simplemente el nombre de tu universidad. Casi me rogó que se lo diera.

Chloe no daba crédito.

–¿Y tú qué le dijiste?

–Que ya había arruinado suficientes vidas y no iba a permitirle que hiciera lo mismo con la tuya –respondió la mujer con un hilo de voz–. Que no podía creer que tuviera el valor de aparecer en Willowford después de lo que había hecho, y que debería marcharse y no volver nunca, porque ni tú ni nadie quería volver a verlo. Y debí de convencerlo, porque se marchó.

Hizo una pausa.

–No sé por qué estoy contándotelo, y en un momento como este. No era mi intención. Supongo que por eso intenté alegrarme respecto a Ian, creía que con él estarías a salvo.

–Yo también. Pero ambas nos equivocamos –reconoció Chloe, y la besó en el cabello–. No te castigues acerca de Darius. Hiciste muy bien al echarlo. Siempre te lo agradeceré.

Y nada más hablar, se dio cuenta de que era la primera de muchas mentiras que tendría que decir en los próximos días para sobrevivir.

# Capítulo 12

LA CASA estaba gratamente silenciosa cuando Chloe bajó las escaleras.

La marcha de Ian, aun siendo un shock, le había proporcionado una excusa perfecta para perderse el Baile de Cumpleaños, aduciendo que no se sentía con ganas de ver a nadie y que tenía mucho que pensar.

En realidad, solo había una persona a la que quería evitar. Dos, contando a Penny.

Sí que era cierto que tenía que reflexionar, a ver cómo explicaba la conducta de Ian sin quedar como una víctima. También tendría que decir qué le parecía el regreso de Penny.

«Qué suerte, señora Thursgood, dos noticias bomba por el precio de una», pensó.

Había tenido que insistir mucho para convencer a sus tíos de que estaría perfectamente bien quedándose en casa a solas.

–Me daré un baño caliente y me acostaré temprano. Vosotros, id al baile como teníais planeado –insistió.

Ellos no estaban tan convencidos. Tío Hal se había enfurecido por la traición de Ian, declarando que se alegraba de que pronto fueran a dejar de ser socios. Él también había recibido una nota, en la clínica, anunciándole que se tomaba una semana de permiso sin sueldo para casarse con Lindsay.

–Me gustaría decirle que no se moleste en volver –gruñó sombrío.

Sus tíos estaban muy preocupados por ella, convencidos de que ocultaba su dolor por la pérdida de Ian... y mejor que siguieran así, por más que estuvieran equivocados.

Se sirvió una copa de vino y se hizo un ovillo en el sofá. Estaba conmocionada por los eventos del día, y sobre todo por esa vocecita en su interior que no cesaba de preguntarse por qué. Pero no respecto a Ian, sino al descubrimiento de que Darius no se había alejado de ella sin mirar atrás, como siempre había creído. Todo lo contrario, se había arriesgado regresando a Willowford, con las consecuencias que podría tener su visita, y todo por encontrarla.

Para explicarle... ¿el qué? ¿Cómo iba a explicar lo imperdonable, a justificar la destrucción del matrimonio de su hermano y lo que eso había supuesto?

El Baile de Cumpleaños tal vez quería ser un intento de tapar las grietas de la dinastía Maynard, ¿cómo podría tener éxito esa edición?

Varias vidas se habían visto arruinadas la vez anterior, pero la suya no iba a ser una de ellas, se dijo con determinación. Ella iba a recorrer un camino diferente. Porque Penny seguía formando parte de la vida de Darius, y probablemente nunca la había abandonado. Esa era la angustiosa realidad que debía afrontar.

–Lo superaré –afirmó en voz alta.

Bebió un sorbo de vino, como brindando por su decisión, pero le supo amargo. Ni siquiera podía confiar en el alcohol para aliviar su tormento interior, pensó compungida.

Se incorporó bruscamente al oír las llaves en la

puerta principal. Ahogó un gemido. Así que sus tíos no querían dejarla sola, después de todo.

La puerta se cerró y oyó pasos acercándose por el pasillo. De una sola persona, no dos. Se irguió, tensa, y clavó la vista en la puerta que se abrió de pronto.

Darius entró.

–¿Qué diablos quieres? –dijo ella con voz ronca.

–Me han comentado que tu supuesto compromiso se ha acabado y estabas demasiado abatida como para salir de casa –respondió él.

Se colocó frente a ella, elegantemente vestido para el baile, y la recorrió con la mirada.

–Debo decir que lo de mortificarse resulta muy favorecedor, e intrigante también –añadió con suavidad, fijándose en aquellos pies descalzos.

Chloe se los cubrió rápidamente, al tiempo que lo fulminaba con la mirada.

–He decidido venir a ver ese fenómeno con mis propios ojos –continuó él–. Especialmente porque apostaría a que no has lamentado la desaparición de tu prometido, aparte de por cierto orgullo herido. ¿Por qué fingir?

–¿Y tú qué sabes de eso? –cuestionó ella a la defensiva, conmocionada tanto por aquella visita como por la conciencia de su propia vulnerabilidad.

–Más de lo que crees. No olvides que he sido un testigo cercano de este curioso triángulo desde que volviste.

–No solo testigo –le espetó Chloe–. Salías con Lindsay.

–En absoluto. O no como te imaginas. Ian le prometió hace meses que te escribiría diciéndote que ya no había nada entre vosotros. Pero no lo hizo, y de pronto aquí estabas tú, hablando de boda. Y él seguía sin atreverse. Lindsay estaba triste y celosa, necesitaba un amigo. Y como quería ponerle celoso, y yo también tenía otro asunto, le resulté útil.

¿Tenía otro asunto? Las palabras la hirieron como cuchillos. Se removió inquieta.

–¿Cómo has entrado aquí?

–Tu tía Libby me ha dejado sus llaves.

–No te creo, ella nunca haría algo así.

Él se encogió de hombros.

–Tal vez siente que me lo debe. O quizá cuando le dije que iba a venir a buscarte para llevarte al baile como a Cenicienta, decidió hacer de hada madrina. Deberías preguntárselo.

–¿Perdona? Tú no eres ningún príncipe azul.

–Siempre me ha parecido un idiota, dejando que se le escapara la chica porque daban las doce de la noche. Debería haber ido tras ella y recuperarla como fuera.

–Fascinante. ¿Y ahora tal vez te irás?

–No sin ti –dijo él y comprobó la hora–. Así que ponte el vestido y nos iremos.

–No –aseguró ella con fiereza–. Yo me quedo aquí.

–¿Para perpetuar el mito de la novia traicionada? Eso no vale, y lo sabes. Si él te gustara, no le habrías dejado solo tantos meses. No habrías podido aguantarlo. Pero eso nunca fue un problema para ti, ¿verdad? El pobre hombre debió de echarte mucho de menos. Me pregunto cuándo se dio cuenta de que tú no querías una pareja, sino el padre que nunca conociste. Que no buscabas intimidad o pasión, sino una sensación de seguridad. Y mientras, no veías ni lo que había debajo de tu nariz. Si hubieras tenido algo con él, se habría terminado hace mucho tiempo.

Chloe se puso en pie de un salto.

–Cállate ahora mismo. ¿Qué diantres sabrás tú de amor o lealtad? No tienes derecho a hablarme así. ¿Me oyes?

–Oírte no significa obedecerte, cariño.

–Qué sabrás tú de nosotros. Yo amaba a Ian. Nunca hubo otro...

Se detuvo y se lo quedó mirando, con la respiración acelerada. Su negativa era un sinsentido nacido de su desesperación, y ambos lo sabían.

Igual que sabían que ella ya no podía esconderse, ni de él ni de sí misma. Y eso la aterrorizaba.

–¿Qué te parece si esta es la última vez que me mientes? –propuso él por fin–. Y ahora, ve a cambiarte o nos perderemos el brindis.

–Por favor... ¿por qué me haces esto? –murmuró ella–. ¿Qué te importa a ti que vaya o me quede?

–Eso podemos discutirlo después, cuando tengamos más tiempo. Quizás todo el tiempo del mundo. Algo que deberíamos haber hecho con antelación.

Chloe se quedó sin aliento. Quiso abalanzarse sobre él, golpearle en el pecho y gritarle que por qué no lo hicieron. «Si yo significaba tanto para ti, ¿por qué te fugaste con tu cuñada? ¿Y cómo puedes estar hablándome así, cuando ella ha regresado aquí contigo?».

Pero ya se había traicionado demasiado a sí misma. No podía arriesgarse a más.

Elevó la barbilla y se obligó a sostenerle la mirada, desafiante.

–¿Quién miente ahora? –le espetó.

Se dio media vuelta y subió al piso de arriba.

Darius la siguió y se guardó la llave de la habitación en un bolsillo. Impidiéndola encerrarse, su último recurso. Luego, agarró el vestido y le quitó la funda. Lo contempló un rato en silencio y dijo suavemente:

–Es muy hermoso. Y tú lo realzarás aún más. Póntelo para mí, preciosa. Por favor.

Lo dijo de una manera que Chloe, a su pesar, se estremeció de deseo. Iba desnuda bajo el camisón y ambos lo sabían. Él la había visto sin ropa antes, la había acariciado, pero eso había sido hacía mucho tiempo. La timidez la paralizó, junto con el temor a que en siete años su cuerpo hubiera cambiado.

Además, no debía olvidarse de Penny, por más que deseara las miradas y caricias de Darius. Penny estaría esperándolo en el baile, probablemente con impaciencia. «Pronto me veré frente a ella», pensó.

Miró a Darius, y le rogó en silencio que comprendiera que no podía cambiarse ante sus ojos. Él suspiró, dejó el vestido en la cama y cerró la puerta después de salir.

El vestido llevaba su propia enagua, por lo que solo necesitó además unas bragas de satén y encaje.

Subirse la cremallera fue un suplicio, pero lo consiguió porque no quería que él la ayudara. «Incluso ahora, y a pesar de todo, no confío en mí misma».

Le temblaban tanto las manos que renunció a maquillarse, aparte de pintarse los labios a juego con su laca de uñas. No ofrecía un aspecto magnífico, pero su palidez podía atribuirse al hecho de haber sido plantada. Nadie esperaría que estuviera alegre.

Se puso unos pendientes de jade, agarró el bolso a juego con sus sandalias y, tras inspirar hondo, abrió la puerta.

Darius estaba apoyado en la pared. Al verla, se irguió, comiéndosela con los ojos.

«No tiene ningún derecho a mirarme así», pensó ella con el pulso acelerado.

–Santo cielo, Chloe, me dejas sin aliento –alabó él.

Y no volvió a decir nada más hasta llegar al baile.

Aquel Baile de Cumpleaños era muy diferente del anterior, advirtió Chloe enseguida. Todo el pueblo estaba invitado, incluida la señora Thursgood y su marido, un hombre tan callado como habladora era su esposa.

Al entrar ella en el salón de baile, del brazo de Darius, se hizo el silencio. Pero el momento pasó y los asistentes retomaron la conversación más alto que antes.

–Ya me tienes aquí –le dijo ella en voz baja, sin mirarlo–. Tal vez ahora me permitas unirme a mis tíos y tú puedas disfrutar del resto de la velada.

–Te acompañaré. Al fin y al cabo, tengo que devolver las llaves.

A menos que montara una escena, poco podía hacer, pensó Chloe. Frunció los labios y se acercó a sus tíos, que estaban hablando con una mujer rubia.

Al llegar a su lado, la mujer se giró, sonriente, y le tendió la mano.

–Qué agradable verte de nuevo –saludó.

–Penny... Señora Maynard, buenas noches –respondió ella con un hilo de voz, y se obligó a estrecharle la mano.

El momento que tanto temía había llegado, y era peor de lo que habría imaginado: ella estaba embarazada. El rostro se le había dulcificado, era evidente que últimamente sonreía mucho. «Siempre ha llamado la atención, pero está todavía más guapa», pensó Chloe angustiada.

Penny se giró hacia Darius y lo miró con complicidad.

–Llegas justo a tiempo, corazón. Tu padre estaba impacientándose, quiere hacer ya el anuncio.

–Será mejor que acuda a su lado. ¿Te vienes? Sé que a él le gustaría.

–Por supuesto –respondió ella, acariciándose el redondeado vientre, y sonrió a Chloe y a sus tíos–. ¿Me disculpáis unos minutos? Luego tendremos mucho tiempo para hablar, mientras la gente se recupera del shock.

Se giró hacia Chloe.

–Y además, tú y yo vamos a vernos a menudo en el futuro, espero.

Chloe los observó marcharse.

–Tía Libby, ¿cómo has podido? ¿Por qué has permitido que me trajera aquí? –dijo en voz baja.

–No tuve mucha opción –respondió su tía con aspereza–. Había subestimado la determinación de ese joven para salirse con la suya. Todos lo habíamos hecho.

Al otro extremo del salón, sir Gregory estaba subiendo a un pequeño estrado. Se colocó frente al micrófono, con Darius a un lado y Penny al otro. Una ola de expectación recorrió la sala.

«No quiero estar aquí. No quiero escuchar lo que van a decir, y tener que sonreír y aplaudir como el resto. No puedo soportarlo», pensó Chloe.

Pero marcharse en aquel momento atraería demasiada atención, y más dado que justo sonaba un redoble de tambor para pedir silencio.

–Es un gran placer ver a tantos amigos y vecinos en nuestra casa esta noche para celebrar el último Baile de Cumpleaños –comenzó sir Gregory, apoyado en su bastón.

Esperó a que los murmullos de sorpresa se desvanecieran, y continuó:

–Mi reciente enfermedad me ha concedido mucho tiempo para reflexionar, sobre el pasado y el futuro. Me ha hecho ver que mi idea de que The Hall siga pasando de padres a hijos no es necesariamente la mejor. Me he dado cuenta de que el hijo que me queda, mi heredero, se ha construido una vida muy diferente en otro lugar. Ha establecido relaciones comerciales y personales en Europa y en otras partes del mundo. No puedo hacer que abandone todo eso por otra carrera y otras responsabilidades que nunca esperó ni deseó. Por eso, he decidido vender The Hall al grupo Hatherstone para que se convierta en parte de su cadena de hoteles-spa. El acuerdo se firmará pronto. Será una fuente de empleo para la zona, lo que supondrá, espero, un nuevo comienzo para Willowford.

Los asistentes ahogaron un grito.

–Aún mantengo la plantación de Warne Cross –continuó–. Y viviré allí, en lo que fuera la casa de los cuidadores de la finca, que he reformado y ampliado, con la señora Vernon que me cuidará y la señora Denver que cocinará, así que espero disfrutar de una feliz y tranquila existencia lo que me queda de vida. Espero que vengáis a verme de cuando en cuando. Por supuesto, esperaré impaciente la visita de mis nietos, cuando mi hijo y la mujer que pronto será su esposa los traigan a verme.

Paseó la vista por la sala.

–Y poco más, adiós y que Dios os bendiga a todos. ¡Todo el mundo a bailar!

–Parece que no somos los únicos que vamos a trasladarnos a algo más pequeño, Libby querida –comentó tío Hal mientras el público prorrumpía en un excitado alboroto–. Aunque no es el anuncio que esperaba oír.

–Yo tampoco –señaló su esposa pensativa, observando sagazmente el rostro pálido de su sobrina–. Pero tal vez eso es otro asunto que aún no está terminado.

Chloe no estaba escuchando. Se levantó, con la mirada perdida, incapaz de comprender lo que acababa de oír: ¿los Maynard renunciaban a The Hall después de más de tres siglos? Parecía imposible.

«Así que no tendré que preocuparme de ver a Darius presidiendo The Hall con Penny a su lado, porque tiene otra vida en otro lugar, otros compromisos. ¿No es una ironía?».

¿O acaso sir Gregory pensaba que reinstaurar a Penny como lady Maynard, después de todo lo sucedido, sería demasiado para la gente del pueblo leal a la familia?

Sintió el impulso de llorar y logró disimularlo como una tos.

–El ambiente está muy cargado. Necesito un poco de aire.

–Buena idea –dijo tía Libby–. ¿No sabías nada de esto?

Chloe negó con la cabeza. «Especialmente que Darius fuera a ser padre».

–Pero estoy segura de que va a ser para mejor –afirmó, forzando una sonrisa.

«Así, una vez que me marche de aquí, no volveré a verle. Ni a su esposa, ni a su bebé. Y ojos que no ven, corazón que no siente, ¿no es así el refrán? Ojalá sea cierto».

–Tienes razón, cariño –intervino tío Hal–. Ha sido un día lleno de conmociones, pero estamos orgullosos de cómo las estás afrontando. Muy orgullosos. Y estás preciosa.

Chloe sonrió, sacudió la cabeza y se dirigió a la terraza sin reparar en la gente que quería comentar las recientes noticias con ella.

Tratando de hacer como si no hubiera visto a Darius ayudar dulcemente a Penny a bajar del estrado y acompañarla a sentarse.

Suspiró amargamente y se dejó envolver por la oscuridad.

# Capítulo 13

CHLOE inspiró hondo, llenándose de las fragancias de la noche. Cuando se sintió más tranquila, bajó a los jardines.

Se sentó en un banco de piedra justo debajo de la terraza, escuchando la música que llegaba del salón y contemplando el cielo estrellado, preguntándose desde dónde lo vería la próxima vez. Le daba igual con tal de que fuera muy lejos de allí. Y con mucho trabajo para estar agotada por las noches y poder dormir.

De pronto, unos pasos en la terraza interrumpieron sus pensamientos.

–Chloe, ¿dónde estás? Sé que andas por aquí –dijo Darius en tono seco.

Ella se quedó inmóvil, conteniendo incluso el aliento. ¿Él había salido a buscarla? ¿Cómo era posible, dadas las circunstancias?

«Es como si me castigaran», pensó furiosa. «¿Pero qué he hecho, salvo tratar de construirme una vida sin él? ¿Qué culpa hay en eso, cuando él me enamoró y luego me dejó, y ahora presume de Penny delante de todos?».

Esperó sin moverse, tan consciente de la presencia de él a lo lejos como si estuviera a su lado. Intentó no tiritar. Por fin, le oyó alejarse. «Vuelve al salón de baile y a sus deberes como anfitrión, junto a su padre y su mujer embarazada».

Ella no podía regresar. No podía seguir fingiendo, tenía que marcharse de allí. Llevaba dinero en el bolso, podía llamar a un taxi desde el teléfono de las cuadras, irse a casa y hacer la maleta. Y al día siguiente, comenzar su próxima aventura.

Tan solo tenía que atravesar los jardines.

Inspiró hondo, se levantó y se puso en movimiento.

–Por fin –oyó la voz triunfante de Darius.

Así que no había regresado al salón. Chloe echó a correr, pero se tropezó cuando el tacón de su sandalia se hundió en el césped. Se lo quitó y continuó, cojeando ridículamente con un pie descalzo.

Él la alcanzó fácilmente, con la sandalia en la mano.

–Cuando te he llamado Cenicienta en tu casa, lo decía en broma.

–Puede que ahora no tenga mucho sentido del humor –replicó ella desafiante, con el corazón desbocado–. Para mí, hace mucho que es medianoche, y quiero irme de aquí.

–Lo mismo que pienso yo, pero no puedo marcharme todavía por razones obvias. ¿Qué te parece si esperamos un poco más y nos vamos juntos mañana?

Chloe no podía dejar de temblar.

–Eso no es posible. Nunca lo ha sido. Así que te ruego que no hables así. Ten un poco de piedad de mí.

–Ya lo hice –señaló él lentamente–. Hace siete años, cuando te di tu libertad; cuando empecé a hacerte el amor y me di cuenta de que, si te poseía, nunca te dejaría marchar. Pero tú eras demasiado joven para atarte a la relación seria que yo anhelaba. Soñabas con estudiar en la universidad, te esperaba todo un futuro. No podía robarte la oportunidad de descubrir quién eras y qué deseabas en la vida. Hubiera sido cruel e injusto pedirte que renunciaras a ello y vinieras conmigo, como me había advertido mi madre.

Inspiró hondo y continuó.

–Ella amaba a mi padre, pero sabía lo difícil que resultaba adaptarse a una vida para la que uno no está preparado. Yo sabía que debía aceptar eso y apartarme de la tentación regresando a Francia al día siguiente sin ti, aunque eso me partiera el corazón. Sin embargo, estaba decidido a seguir en contacto. Imaginé que, si te escribía desde donde estuviera y te veía regularmente en Londres, tal vez un día te dieras cuenta de que a quien querías era a mí. Tan solo debía esperar. Pero ambos sabcmos quc las cosas no salicron así.

Chloe casi no podía hablar, del dolor.

–Pero me dejaste... ¡por ella!

Ya estaba. Había pronunciado las palabras que se había jurado no decir nunca.

–No. Me marché con ella, lo único que hicimos juntos fue viajar. Una situación muy diferente, y obligada por un malentendido. Cuando Andrew nos encontró a los dos en mi habitación, armó un escándalo. Estaba fuera de sí, gritándonos de todo, y eso atrajo a mi padre. Ninguno quiso escuchar una explicación.

Suspiró.

–Yo ya había hecho la maleta e iba a marcharme, antes incluso de que mi padre me echara de casa para siempre. Pero sentí que no podía dejar a Penny aquí sola. Así que me la llevé a Londres.

–¿Cómo explicarías eso a nadie? –señaló ella con voz temblorosa.

–Ahora, fácilmente. Pero no aquí. Para eso necesitamos privacidad.

Y, antes de que pudiera oponerse, Chloe se vio en brazos de Darius camino de la puerta lateral de la casa. Cuando se dio cuenta de adónde la llevaba, se resistió.

–No iré –protestó con desesperación.

Darius apagó su protesta con un apasionado beso conforme subía las escaleras hacia su dormitorio.

Cuando por fin la dejó en el suelo, Chloe estaba sin aliento y encendida de deseo, pero lo fulminó con la mirada.

–¿Cómo te atreves a traerme aquí, donde tuviste sexo con ella? Donde sin duda pasaréis la noche de hoy. ¿Pretendes que lo acepte como si no tuviera importancia?

–¡No! Te equivocas en todo. Penny y yo nunca hemos sido amantes, ni en esta habitación ni en otro lugar. Esta noche, supongo que dormirá junto a su marido, como siempre. Te lo habría presentado antes, pero se encontraba en el piso de arriba, comprobando que su hijo pequeño dormía.

Hubo un silencio, y Chloe habló con una voz que no parecía suya.

–¿Penny está casada?

–Ya lo creo. Con Jean Pierre, el amigo que dirige mi viñedo en la Dordogne. Se conocieron hace unos años, cuando él vino a Londres en viaje de negocios, y se casaron un par de meses después.

–Pero era a ti a quien deseó primero.

Darius negó con la cabeza.

–Acudió a mí porque estaba desesperada por dejar a Andrew. Eso fue todo.

–¿Y por qué quería dejarle?

Darius la tomó de la mano y se sentaron en la cama.

–Andrew y yo no teníamos mucha relación, ni de niños ni de adultos –comenzó–. Él llevaba una vida ejemplar. Yo no. Además era un solitario, muy consciente de ser el heredero de nuestro padre. No tenía muchos amigos y, aunque salía con chicas de vez en cuando, no parecía haber ninguna en especial. Así que su compromiso con Penny resultó una sorpresa, al menos para mí. No tenía ni idea de que estaban juntos, pero me alegré por él. Ella era despampanante y vivaracha, justo lo que él necesitaba.

Hizo una pausa.

–Yo viajaba mucho, pero al volver a casa me di cuenta enseguida de que las cosas entre ellos no iban bien. Andrew parecía más introvertido que nunca, y Penny era una sombra de lo que había sido antes de casarse. Intenté hablar con él, pero sin éxito. Cuando regresé para el Baile de Cumpleaños, las cosas habían empeorado aún más. Hablé con mi padre, que se enfureció conmigo y dijo que Andrew era un marido modélico con una esposa difícil y que, dado que mi vida era una desgracia, me abstuviera de comentar o interferir.

Le acarició suavemente la mano. Chloe se quedó sin aliento al notar que su cuerpo respondía al contacto.

–Lo que él no sabía, porque yo mismo acababa de descubrirlo, era que mi vida cambió para siempre en el momento en que fui a bañarme a la poza y me encontré a una sirena de cabello oscuro de la que me enamoré.

Chloe inclinó la cabeza, ocultando su rubor tras el cabello.

–Porque eso fue lo que me sucedió –continuó él–. Mientras recuperaba el aliento tras reencontrarme contigo.

Soltó una carcajada.

–Nunca había sido tan feliz, sabiendo que, por primera vez, tenía alguien junto a quien planear un futuro, alguien por quien esforzarme. Pero no podía ignorar lo que sucedía a mi alrededor, especialmente cuando Penny comenzó a buscarme porque necesitaba hablar. Yo estaba seguro de que Andrew también se había dado cuenta, así que mantuve las distancias, lo cual fue un error porque no me di cuenta de lo cerca que ella estaba del abismo.

Hizo una pausa y suspiró.

–Aquel año, el baile terminó antes de lo acostumbrado, cosa que agradecí, porque estaba siéndome muy difícil mostrarme social con todo lo que sentía por ti. Cuando subí aquí, aún podía oler tu perfume en mi almohada, recordar tu hermosura y tu mirada limpia. Me dije que había sido un tonto por dejarte marchar. Que todavía podía acercarme a tu casa y decirte: «Te amaré el resto de mi vida. Vente conmigo y nos casaremos en cuanto consiga la licencia».

–¿Pensaste en decirme eso? ¿Por qué no lo hiciste? –se lamentó ella.

–Por las razones que acabo de contarte –contestó él, compungido–. Además, me aterraba que dijeras que no. Me pareció mejor idea seguir con mi plan de una seducción larga y paciente. Lo que no sabía era que sería tan larga, ni que cuando volviéramos a encontrarnos, tú estarías supuestamente prometida a otro. Esa noche me dormí pensando en ti, deseándote, y cuando alguien me tocó en el hombro y dijo mi nombre, deseé que fueras tú; que hubieras regresado y pudiera comenzar nuestra vida juntos.

Hizo una pausa.

–En lugar de eso, me encontré a Penny junto a mi cama, en camisón. Me dijo que la llevara conmigo, que no podía soportarlo más. Su prima Helen de Kensington la acogería hasta que pudiera arreglárselas por su cuenta. Dijo que solo se llevaría algo de ropa, que dejaría todo lo que Andrew le había dado. Al principio, creí que estaba borracha y me pregunté cómo devolverla a su habitación, cuando la casa aún estaba llena de gente limpiando tras la fiesta. Pero no podía salir de la cama, porque duermo desnudo, así que me vi atrapado en ambos sentidos. Intenté tranquilizarla, le dije que la situación no podía ser tan mala, y le sugerí que convenciera a Andrew para realizar una segunda luna de miel.

Hizo una mueca de dolor.

–Entonces, se derrumbó sobre la cama, llorando desconsolada. Me dijo que nunca había sido un auténtico matrimonio. Que Andrew había hecho un par de intentos de hacer el amor con ella las dos primeras semanas, pero habían terminado en fracaso, y ya ni siquiera compartían habitación. Aseguraba que él nunca la había amado, y se había casado con ella solo para dar un heredero a la familia Maynard, pero que no hacía lo necesario. Y que mi padre había empezado a lanzar indirectas.

–Cielo santo, qué terrible para ella... para ambos –musitó Chloe.

–Aún quedaba algo peor: sugirió que a Andrew no

le interesaban las mujeres, pero que nunca lo admitiría –añadió–. Mientras me reponía de la sorpresa, la puerta se abrió y entró Andrew seguido de mi padre. Penny y yo estábamos en la cama, y yo la tenía abrazada –se estremeció al recordarlo–. Fue terrible. Mi hermano gritó que siempre había sospechado que había algo entre nosotros, nos acusó de vernos a escondidas en Londres, la tildó de prostituta.

Chloe ahogó un grito.

–¡No lo diría en serio!

–No, a menos que lo viera como una buena manera de librarse de una mujer que le importunaba, un reproche viviente y en su propia casa –explicó él–. Aparte de las obvias negativas, no pudimos decir mucho más. Penny no estaba preparada para acusar a Andrew delante de su padre, y yo lo respeté.

–Pobre Penny, saber que su vida estaba hecha pedazos y no poder hacer nada al respecto –la compadeció Chloe–. ¿Por qué me cuentas todo esto? ¿No le incomodará que yo lo sepa?

–Fue idea suya. Siempre ha sentido que, al pedirme ayuda, me hizo perder a mi familia, mi hogar y la mujer a la que he amado durante siete años. Me dijo que necesitaba aclarar las cosas.

–¿Y le ha contado a tu padre lo del matrimonio?

–No ha hecho falta –contestó Darius, y suspiró–. Andrew le escribió antes de su última escalada, diciéndole que había descubierto la verdad acerca de sí mismo hacía tiempo, pero no era capaz de aceptarla. Le parecía una traición a la familia. Creo que los deportes de riesgo eran símbolos de la lucha interior en que se había convertido su vida.

Sacudió la cabeza.

–Probablemente la carta, combinada con el shock por su muerte, fue el detonante del infarto de mi padre. Por otro lado, según él se ha ido recuperando, ha cambiado su percepción de muchas cosas, como ha dejado claro esta noche. Con todo, yo creía que era demasiado tarde para mí. Porque, cuando intenté contactar contigo y explicarme, tu tía me echó diciéndome que estabas indignada y que no quería volver a saber nada de mí. Me vi condenado sin haber podido defenderme, y me marché dolido y furioso.

Hizo una pausa.

–Pero no logré olvidarte, Chloe, por más que lo intenté –añadió con suavidad–. Entonces me enteré de que ibas a regresar, y sentí que se me ofrecía otra oportunidad.

Ella sonrió levemente.

–No fuiste muy amable cuando nos reencontramos.

Él sonrió burlón.

–Creías que era otra persona –explicó–. Y encima, me sorprendiste con tu supuesto compromiso. Yo sabía que Ian y Lindsay eran pareja, y creí que simplemente estabas usándole como excusa para mantenerme a distancia.

–Creo que así fue –reconoció ella–. No podía soportar que se me partiera el corazón de nuevo. Así que intenté luchar contra mis sentimientos, sin éxito. Esta noche no quería venir porque sabía que Penny había regresado. Al verla embarazada, he creído que el bebé era tuyo y que ibais a casaros. Ha sido tal el dolor que he tenido que marcharme.

–Cielo mío, solo hay una mujer en el mundo que quiero que sea mi esposa y la madre de mis hijos –declaró él–. Como he dicho antes, estaba dispuesto a una seducción larga y paciente, pero mi paciencia está llegando a su fin.

Le apartó el cabello del rostro y la miró a los ojos.

–Te deseo tanto, corazón mío... ¿Vas a seguir haciéndome esperar?

Chloe sintió que todo su cuerpo se tensaba de deseo. Se abalanzó sobre Darius y lo besó. Él correspondió apasionado, y con manos temblorosas le quitó el vestido.

Ella se abrazó a él y ahogó un gemido al sentir el roce de la camisa sobre sus senos desnudos. Luego, le acarició el cabello y respondió ardientemente a sus besos, aumentando el deseo mutuo, largo tiempo insatisfecho.

Él la acarició maravillado, como si aún no pudiera creer que por fin estuvieran juntos. La besó en el cuello, y le mordisqueó suavemente el lóbulo de la oreja, mientras le acariciaba los senos y jugueteaba con los pezones erectos.

Ella pronunció su nombre en un susurro, derretida, al tiempo que exploraba su cuello con la boca.

Darius la tumbó en la cama y comenzó a desvestirse sin dejar de mirarla.

–Quítatelas –ordenó con voz ronca, refiriéndose a las bragas de seda y encaje, lo único que le quedaba.

Ella obedeció lenta y sensualmente, sonriendo al ver su reacción, y abrió los brazos para recibirlo, completamente desnudo.

Se abrazaron en silencio. Chloe, novata, solo podía guiarse por el instinto y su ardiente deseo mientras se abría a él. Acogió feliz la punzada de dolor de su primera penetración: por fin era suya completamente. Suya y de nadie más, para siempre.

Elevó las caderas para acompañar cada ardiente embestida, y le rodeó la cintura con las piernas para que profundizara más, deseando satisfacerlo y hacerle olvidar el resto de mujeres con las que había estado.

Y descubrió que su generosidad era recompensada con creces, conforme él despertaba sensaciones inimaginables en su inexperto cuerpo.

Darius cambió levemente de postura, rozando el centro de su placer con su virilidad, llevándola más allá de los límites.

Chloe sintió crecer la primera oleada de placer. Intentó resistirse, asustada por su propia respuesta, y de pronto se vio elevada a un éxtasis que le hizo llorar de gozo.

Al momento, él la siguió con un grito de placer.

Después, se quedaron abrazados, y él le susurró palabras nuevas para ella y que creía que nunca escucharía. Con la cabeza apoyada en aquel hombro, supo que la seguridad que siempre había querido estaba allí a su lado y siempre lo estaría.

–En algún momento, tendremos que vestirnos y bajar. Es el último Baile de Cumpleaños y quiero bailar contigo –dijo él al cabo de un rato.

Chloe se removió preocupada.

–¿Qué dirá la gente?

–Probablemente la verdad. ¿Qué nos importa? No estaremos aquí cuando los rumores se extiendan.

–¿Ah, no?

Él negó con la cabeza.

–Tengo que regresar a Francia mañana. Los viñedos precisan de mi atención –explicó–. Aunque tal vez tú no quieras eso, o no de forma permanente. El contrato con Hatherstone aún no está firmado, y sé lo mucho que Willowford significa para ti. Así que, si quieres vivir aquí y tener la finca, el título y todo eso, todavía puedes. La elección es tuya.

–Todo eso no significa nada para mí –aseguró ella.

–Entonces, ángel mío, si te digo ahora: «Vente conmigo y nos casaremos en cuanto consiga la licencia», ¿qué dirías?

–Lo mismo que hace siete años si me lo hubieras preguntado –contestó ella, y lo besó en el cuello–. Que mi vida es tuya, allá donde eso nos lleve, ahora y para siempre.

–Creo que acabas de reinventar los votos de matrimonio –dijo él emocionado.

Y volvió a besarla.